KB114730

王侯將相

왕후장상

전혁 新무협 판타지 소설

FANTASTIC ORIENTAL HEROES

# 왕후장상 3

전혁 新무협 판타지 소설

초판 1쇄 찍은 날 § 2014년 10월 22일
초판 1쇄 펴낸 날 § 2014년 10월 29일

지은이 § 전혁
펴낸이 § 서경석

편집부장 § 권태완
편집책임 § 박가연
디자인 § 신현아

펴낸곳 § 도서출판 청어람
등록번호 § 제387-1999-000006호
등록일자 § 1999. 5. 31
어람번호 § 제2-2541호

주소 § 경기도 부천시 원미구 부일로 483번길 40 서경B/D 3F (우) 420-822
전화 § 032-656-4452  팩스 § 032-656-4453
http://www.chungeoram.com
E-mail § chungeorambook@daum.net

ISBN 978-89-251-9257-8 04810
ISBN 978-89-251-9213-4 (세트)

3

전혁 新무협 판타지 소설

FANTASTIC ORIENTAL HEROES

왕후장상

도서출판
청어람

目次

第一章
철예군

一

　분심쌍격이 무림에서 일절로 통하는 데에는 다 그럴 만한
이유가 있었다.

　원래 사람은 양손을 자유롭게 사용하지 못한다. 때문에 좌
수와 우수를 마음대로 쓰는 쌍수의 수법이 결코 평범한 것은
아니다. 무림에는 쌍수의 수법이 여럿 전해져 내려오지만, 그
것들은 단순히 마음을 둘로 나누어 오른손으로 검을 펼치고
왼손으로 장법을 휘두르는 것이 전부였다.

　하지만 분심쌍격은 여기에 더해 공력을 수련할 때도 동시
에 두 번의 운기행공이 가능했다.

　이는 단순히 마음만 두 개로 나누는 것이 아니라 몸과 육체

까지 두 개로 분리할 수 있기 때문에 가능한 일이었다.

분심쌍격의 무서움이 바로 이것이었다.

운기행공을 동시에 두 번 하면 당연히 공력의 성취가 두 배는 빠르다.

흔히 일 더하기 일은 이가 되지만, 분심쌍격은 사가 될 수도 있고 십이 될 수도 있었다. 모든 건 그 사람의 자질과 능력에 따라 달라진다. 즉 공력의 성취가 두 배 이상 빠를 수도 있다는 뜻이다.

물론 거기에는 전제 조건이 있다.

반드시 고도의 정신 집중이 있어야만 가능한 일이다.

조금이라도 실수를 하거나 정신이 흐트러지면 두 개의 기운이 한데 뒤엉켜 주화입마를 입을 수 있기 때문이다. 집중력이 약한 사람이나 주위가 산만한 사람에겐 오히려 독이 될 수 있는 무공이었다.

그래도 확실히 매력적인 무공임에는 틀림없었다.

기무결은 지난 며칠 동안 분심쌍격을 이용해 마음을 나눠 천무은형잠종대법의 내공심법을 수련했다. 신기하게도 기무결의 안에 두 명의 사람이 들어앉은 것 같았다.

한창 운기행공을 하는 와중에 새롭게 운기행공을 일으킬 수 있었다. 그렇게 연이어 운기행공을 하고 나면 두 번을 한 듯 거짓말처럼 몸과 마음이 개운해지고 활력도 넘쳤다.

"마법이 따로 없구나!"

기무결은 분심쌍격의 위력에 혀를 내둘렀다.

세상에 이처럼 신묘한 무공은 다시없을 것 같았다.

기무결은 왠지 가슴이 벅차올랐다.

"조만간에 풍형과 운형이 이 단계에 올라서는 것도 꿈은 아니겠구나!"

그는 기연 아닌 기연을 만난 셈이다.

사실 지금 그에게 가장 필요한 것은 공력의 급증이다.

기무결은 공력이 부족해서 여전히 풍형과 운형이 일 단계에 머물러 있었다.

그것이 언제나 마음속에 아쉬움으로 남아 있다.

부족한 부분을 해결하기 위해 화은설에게 화씨세가의 무공을 배웠고 실전에서 상당히 유용하게 써먹기도 했지만, 여전히 근본적인 문제를 해결할 수는 없었다.

하지만 분심쌍격으로 내공을 수련하면 십 년 수련할 것을 오 년으로 단축할 수가 있었고, 오 년 할 것을 이삼 년으로 확 앞당길 수 있었다.

그렇게 기무결은 잠을 자는 시간도 줄인 채 천무은형잠종대법에 매진했다.

하나 받은 게 있으면 돌려주는 것도 있어야 하는 법.

그는 철산호를 따라 풍운산장으로 향했다. 그렇다고 결혼할 생각은 꿈에도 없었고, 풍운산장에 숨어든 간세들만 찾아낼 생각이었다.

물론 쉽지 않은 일이다.

그들은 어둠 속에 꽁꽁 숨어 조금의 빈틈도 보이지 않고 있기 때문이었다.

더구나 풍운산장을 집어삼키려는 자들이니 그 힘과 능력은 두말할 나위 없을 터.

자칫 잘못하면 죽어나는 건 바로 자신일 터였다.

화은설과 영영에게 둘러대는 것도 문제였다.

그녀들을 데리고 풍운산장에 갈 수는 없는 일이었다. 데릴사위가 되기 위해 풍운산장에 간다고 말할 수는 없지 않은가?

무엇보다 그 말을 하는 순간 그는 영원히 마도의 인물이 되는 것이다.

기무결은 화은설에게 거짓말로 안심시켜 주었다.

"험험! 지금 풍운산장에 누군가 고의로 위조 전표를 뿌린 모양입니다. 이 문제가 외부로 퍼지면 풍운산장의 체면이 바닥에 떨어지는 관계로 최대한 보안을 유지하면서 범인을 색출하려고 했는데, 시간이 지날수록 문제가 더욱 심각해졌다네요."

"그래서 그걸 너보고 해결해 달라는 거야?"

"우리가 입찰을 넣기 위해 서류를 위조한 것을 어떻게 알았는지 도와달라며 조건을 제시하더군요."

"조건?"

"제가 이곳에 남으면 다른 사람들은 무사히 보내주는 것이 조건입니다."

"우, 우리가 너 혼자 놔두고 돌아갈 리 없잖아?"

화은설은 기무결을 따라갈 기세이다. 그건 영영도 마찬가지였다. 지금까지 생사화복을 함께하며 지내온 것이 얼마인데, 자신들 살자고 기무결을 버려둘 리 없었다.

하나 그것도 잠시.

화은설이 무슨 생각이 떠올랐는지 두 눈을 크게 치떴다.

"자, 잠깐! 그때 그 서류들은 암거래 시장에서 산 거였잖아?"

"쉿! 조용히 하세요. 그러다 철 장주가 듣겠습니다."

"서, 설마 너?"

화은설이 놀란 표정으로 두 눈을 크게 치떴다.

"뺑 좀 쳤습니다. 제가 서류를 위조했다고 했거든요."

"마, 말도 안 돼!"

"일단 위조 전표를 찾아준다고 하고서 상황을 엿봐서 빠져나갈 생각입니다."

"철 장주는 무서운 사람이야. 얕은 잔꾀가 통하지 않을 거라구."

"그러니까 일단 아가씨하고 영영 소저부터 무림맹으로 돌아가 계셔야 합니다."

일단 거짓말은 대충 통한 것 같았다.

화은설은 당황해서 어쩔 줄 모르고 있었다. 고민이 될 수밖에 없을 것이다. 기무결을 혼자 놔두고 가기에는 걱정도 되고 마음도 편치 않아서 차마 발길이 떨어지지 않았고, 그렇다고 줄줄이 기무결을 따라나섰다가는 나중에 도망쳐 나오는 것이 어렵다는 것을 누구보다 그녀가 더 잘 알고 있기 때문이었다.

결국 기무결의 끈질긴 설득에 먼저 무림맹으로 돌아가기로 결단을 내렸다.

"정말 돌아오는 거지?"

"기 마부, 꼭 돌아오셔야 해요."

화은설과 영영이 눈물을 흘리며 기무결을 걱정해 주었다. 그녀들의 반응이 너무도 애절해서 기무결은 거짓말한 것이 미안해질 지경이다. 그렇다고 사실대로 얘기할 수도 없는 노릇. 기무결은 그녀들을 품에 꼭 안아주었다.

"나만 믿으라니까요. 먼저 돌아가 계시면 며칠 뒤로 따라가겠습니다."

제갈사란은 한쪽 옆에서 차가운 시선으로 지켜보고만 있었다. 그녀는 기무결과 별다른 인연이 없다 보니 기무결이 혼자서 독박을 쓰든 무엇을 하든 별로 미안한 감정이 들지 않았다.

"흥! 이제 그만하지. 이건 뭐, 눈물 없이는 볼 수가 있어야지."

제갈사란은 괜히 질투가 일어 심술을 부렸다.

그녀에겐 자신을 위해 기꺼이 목숨을 걸어줄 사람이 없었다.

그러고 보니 기무결의 얼굴은 상당히 준수했다. 거기에 혼천만겹구절진을 단신으로 파훼한 배짱과 능력 역시 무시할 수 없었다.

'흥, 저런 사람이 마부라고? 분명 일부러 나에게 엉터리로 소개해 준 게 틀림없어.'

천하의 화은설이 일개 마부와 끌어안고 이별한다는 것부터가 말이 안 되는 소리였다.

그녀의 눈에서 당장이라도 불길이 일 것처럼 뜨거운 열기가 흘러나왔다.

자고로 남의 떡이 더 커 보인다고 했다. 예전부터 화은설에게 묘한 경쟁심을 갖고 있는 제갈사란의 입장에서는 기무결이 그 어떤 명문세가의 후기지수보다 더 대단하게 느껴졌다.


二


달빛조차 희미한 밤이었다.

두 개의 인영이 가산 뒤편에 은밀하게 내려섰다. 그들은 서로 암구호로 신분을 확인한 뒤 가까이 다가섰다.

흠칫!

"그대도 간세일 줄 몰랐군요."

"흐흐, 나 역시 그대가 간세일 줄은 꿈에도 생각하지 못했소."

그들은 서로의 얼굴을 보고 깜짝 놀랐다. 그도 그럴 것이, 그들은 모두 풍운산장의 인물이었다. 아마 오늘 서로의 얼굴을 보지 못했다면 평생 누가 동료인지 모르고 살았을 것이었다.

그들은 철저히 점조직으로 되어 있었다.

실제로 얼굴을 마주 보지 않는 이상 자신의 조직에 누가 있는지 알아볼 방법이 없었다.

"그나저나 오늘 왜 갑자기 신호를 보내 만나자고 했죠?"

"그대는 철산호가 돌아온 것을 알고 있소?"

"나도 눈이 있어요. 설마 그걸 알려주려고 만나자고 했나요?"

철산호가 풍운산장에 돌아온 것은 반년 만의 일이었다.

풍운산장에는 미묘한 긴장감이 흐르고 있었다.

"철산호를 보았다면 잘 알겠군. 그의 눈빛은 맑고 깨끗했소. 철산호에게 녹혈무형고를 푼 게 언제인데 아직도 반응이 나오지 않는 것이오?"

"녹혈무형고는 확실히 풀었어요. 그리고 성공도 했구요."

"그렇다면 중독 현상이 있어야 하는 거 아니오? 하지만 아무리 눈빛을 봐도 그 어떤 증상도 발견할 수 없었소."

"그게 나도 이상하긴 했지만, 어쩌면 눈속임일 수도 있어요."

여인은 철산호가 산장을 비운 지난 반년 동안의 시간을 의심하고 있었다. 해독을 하려고 천하를 돌아다녔을 수도 있었다.

하나 녹혈무형고는 아직 해독약이 없어서 무슨 짓을 해도 중독에서 벗어날 수 없었다.

"자신이 중독이 되었고 산장에 이상한 기류가 흐르고 있다는 것을 알았다면 철저히 중독 증상을 숨기고 우리를 찾아내려고 하지 않겠어요?"

"으음."

사내가 잠자코 고개를 끄덕였다.

"위에서 지령이 내려왔소. 계획을 앞당겨 풍운산장을 접수하라는 명이오."

"시간이 더 필요해요. 철산호가 아직도 정정한데, 두 번째 계획은 시작할 수도 없다구요."

"녹혈무형고를 다시 한 번 시전할 수는 없는 것이오?"

"미쳤어요? 지난번에는 정말 요행으로 성공할 수 있었지만 철산호 같은 고수에게 두 번은 불가능해요. 무리하게 녹혈무형고를 시전하려다 오히려 정체가 발각될 수도 있어요."

"그대의 마음은 알겠지만 위에서 지령이 내려온 이상 어쩔 수 없소. 기간은 앞으로 한 달. 두 번째 계획은 내가 처리할 테니 그대는 철산호를 처리하는 데 총력을 기울이시오."

"으음, 두 번째 계획도 만만치 않아요."

"흐흐, 그건 염려 마시오. 위에서 지령과 함께 계책도 보냈으니 말이오."

"그렇다면 다행이군요. 알겠어요. 나도 무슨 수를 쓰든 한 달 안으로 철산호를 제거하는 데 총력을 기울일게요."

그들은 대화를 끝내고 가산에서 사라졌다.

그렇게 어둠에 잠긴 풍운산장에 무서운 음모가 시작되고 있었다.


풍운산장은 거의 모든 병력이 빠져나가 커다란 장원에 썰렁한 기운마저 돌았다.

성벽은 일 리에 달하고 전각의 개수도 이백 개가 넘어 작은 마을과도 맞먹는 규모를 자랑하고 있다. 그런 풍운산장이 지금은 수문위사 몇 명과 경계무사 몇 명만 남아 있어서 더 휑한 기운이 들었다.

그런 와중에도 철예군은 자신의 처소에서 꼼짝도 하지 않았다.

그녀는 선천적으로 몸이 약하고 어려서부터 병을 앓고 있어서 거의 자신의 처소에서 두문불출하고 산장의 일에는 신경 쓰지 않았다.

하지만 그녀는 지혜롭고 똑똑한 여인이었다. 또한 육도삼

략과 전술, 전략에도 능해서 철패강과 철위강은 오래전부터 그녀를 자신의 진영으로 끌어들이려고 노력했다. 그녀를 얻으면 차기 장주가 될 수 있는 확률이 그만큼 높아지기 때문이다.

하나 그녀는 모든 일에 흥미를 느끼지 않는 성격이었다.

누가 차기 장주로 내정이 되든 별 관심이 없었다.

아마 철예군이 평소 모든 일에 열심인 성격이었다면 벌써 차기 장주는 누군가로 정해졌을지도 모른다.

그런 그녀에게도 좋아하는 취미가 있긴 있었다.

바로 독서였다.

어려서부터 닥치는 대로 책을 읽고 외워서 만약 그녀가 남자였다면 벌써 장원급제를 하고도 남았을 것이다.

아무튼 철예군이 자신의 처소 밖으로 나온 것도 실로 오랜만의 일이다.

더구나 간단하게나마 궁장을 입고 머리에 장신구도 하고 얼굴에 옅게나마 화장까지 했다. 그녀는 이렇게 차려입고 산장 밖으로 나선 것이 몇 년 만의 일인지 기억조차 나지 않았다.

'지금부터 네가 어떤 남자와 몇 번 만나서 연애를 했으면 좋겠구나. 그 아이를 데릴사위로 삼고 풍운산장을 물려줄 생각이다.'

한마디로 맞선을 보라는 소리.

철산호의 말이 아직도 귓가에 생생하게 맴돌고 있었다.

철예군은 처음엔 펄쩍 뛰었다.

평소의 그녀였다면 당연히 일언지하에 거절했을 것이다.

하지만 철산호가 녹혈무형고에 중독된 사실을 밝히고 누군가 풍운산장을 집어삼키려 한다는 사실을 말했을 때는 마냥 거절할 수가 없었다.

'너도 알다시피 녹혈무형고는 해독약이 없다. 애비가 죽으면 결국 풍운산장을 구할 사람은 바로 너와 그 아이뿐이다.'

아무리 모든 일에 흥미를 느끼지 못하는 그녀 할지라도 철산호가 중독되고 산장 안에 간세들이 침투했다는 말은 충격적이었다.

"도대체 얼마나 잘난 사람이기에 아빠가 데릴사위마저 마다하지 않고 풍운산장을 물려주려 하시는 거지?"

자신의 오빠들을 수없이 지켜보았기 때문에 남자란 족속은 한심하다 못해 바보들밖에 없다고 생각하고 있었다.

그녀가 이런 생각을 뒤로하고 찻집에 들어섰다.

약속 장소가 바로 시내 중심가에 있는 찻집이고 약속 시간은 신시(오후 3~5) 무렵이었다.

하나 약속 시간보다 이각이나 늦게 도착했다.

자신은 마음에 없으니 결혼을 포기하라는 일종의 시위였다.

철산호는 몇 번 만나보고 결혼하라고 했지만, 그녀는 결혼할 마음이 없었다. 녹혈무혈고가 문제이긴 한데, 그건 그녀가 해결하면 그만인 것이다.

이렇게 만나주는 것만 해도 그녀로서는 최선을 다해 예의를 지킨 셈이었다.

三

찻집에는 손님이 별로 없었다.

안쪽 탁자에 연인으로 보이는 남녀가 앉아 있고, 한쪽 구석에서는 여인들끼리 깔깔거리며 수다를 떠는 모습도 보인다.

하지만 혼자 앉아 있는 사람은 없었다.

약속 시간이 지났으니 혹시 그냥 갔을지도 모르는 일.

그렇다면 정말 실망이었다. 겨우 그것밖에 기다리지 못하는 남자는 속이 좁은 법이고, 큰일을 기대하기도 어렵기 때문이었다.

그녀가 점소이에게 물었다.

"혹시 나를 찾는 남자 없었나요?"

"없었습니다요, 아가씨."

"혹시 착오가 있는지도 모르니 다시 한 번 확인해 봐요."

"원래 이 시간에는 손님이 뜸해 아가씨를 찾는 손님이 있었다면 절대 착오가 있을 리 없습니다요."

그렇다면 아직 오지 않았다는 뜻이었다.

생각지도 못한 일에 철예군은 황당하기 그지없었다.

철예군은 화가 치밀어 올랐다. 당장에라도 자리를 박차고 돌아가고 싶은 것을 간신히 참았다. 도대체 얼마나 잘난 사람이 나오는지 낯짝이라도 봐야 속이 풀릴 것 같았다.

"흥흥! 무림맹의 학인준이나 마황성의 석헌중보다 더 잘난 사람인가 보지."

오기라는 것이 생긴 건 태어나서 처음이었다.

그렇게 일각이 지나고 이각이 흘렀다.

철예군은 몇 번이나 자리를 박차고 일어서려는 것을 억지로 참았다.

기무결이 도착한 건 그로부터 반 시진이 더 지나서였다.

"아직까지 기다리고 있을 줄은 몰랐군요. 시간이 늦어서 철 소저께서 그냥 가신 줄 알았습니다."

오자마자 한다는 말이 걸작이었다. 적어도 사과가 먼저 이루어져야 정상인데 기무결은 뻔뻔스럽게 그런 것도 없었다.

철예군의 얼굴이 보기 민망할 정도로 일그러졌다. 이렇게 무례한 사람은 처음이었다.

하지만, 기무결은 속으로 쾌재를 불렀다.

'후후! 이 정도면 더 이상 말할 필요도 없겠군.'

기무결은 일부러 한 시진 넘게 늦게 나타났던 것이다. 이러면 대충 결혼할 생각이 없다는 것을 알아챌 것 같았기 때문이다.

뜻은 확실히 전해진 것 같았다.

하지만 기무결은 이것만으로는 아직 안심할 수 없었다. 그는 마부들이나 입는 옷을 입고 나왔고, 머리카락도 헝클어뜨려서 지저분한 느낌마저 들었다. 가뜩이나 안 좋던 철예군의 얼굴이 더욱 안 좋아지는 게 느껴질 정도이다.

"일단 차부터 주문하죠. 소저는 어떤 것으로 마시겠습니까?"

"나는……."

철예군이 불쾌한 마음을 뒤로하고 주문을 하려고 했다.

순간 기무결이 그녀의 말을 중간에 잘랐다.

"아! 여기 용정차가 있군. 이것으로 두 잔 주게."

그는 철예군의 의사는 무시하고 점소이에게 주문했다. 점소이가 알았다며 돌아가자 철예군이 참지 못하고 발끈했다.

"이봐요, 왜 내 것까지 그대가 멋대로 주문하는 거죠?"

"용정차 싫어합니까?"

"그런 건 아니지만……."

"그럼 무엇이 문제인지 모르겠군요."

"뭐, 뭐라구요?"

철예군은 자신의 귀를 의심해야 할 지경이었다.

'흐흐, 이 정도로 성의 없게 대했으니 아예 학을 떼겠지.'

몇 번 만나고 자시고 할 것까지 없을 것 같았다.

그녀와는 이번이 마지막일 것이다.

그래도 철예군은 하늘에서 하강한 선녀처럼 아름다운 미녀였다. 약간 병약한 듯한 모습이 오히려 더 사내의 보호 본능을 자극해서 왠지 지켜줘야 할 것 같은 기분마저 들었다.

'아름답긴 하네.'

그런 엄청난 미녀를 돈 때문에 걷어차는 꼴이니 어찌 보면 기무결이 더 대단하다고 봐야 했다.

四

맞선은 일각도 지나지 않아 끝나고 말았다.

철예군은 만사가 귀찮은 주의지만, 그렇다고 눈치가 없는 건 아니었다. 한눈에 보아도 기무결이 맞선 자리가 내켜서 온 것이 아니라는 것을 알 수 있었다. 그거야 자신도 마찬가지니 오히려 잘된 일이었다.

"그쪽도 기분이 내켜서 나온 자리가 아닌 것 같으니 길게 앉아 있을 필요가 없겠군요."

그녀가 자리에서 일어서며 말했다.

대개 마음에 들지 않아도 예의상 차를 마시고 밥을 먹고 헤어지게 마련지만, 지금은 서로 같은 생각이라 굳이 예의를 차릴 필요가 없었다.

이것이야말로 기무결이 바라는 바였다.

"후훗! 그렇군요. 그럼 돈 아깝게 밥 먹을 필요도 없겠네요. 철 소저의 자존심도 있으니 그냥 소생을 찼다고 하십시오.”

기무결은 빈말으로라도 미안하단 말 한마디 하지 않았다.

그것이 끝내 철예군의 자존심을 긁고 말았다.

‘이 인간이 진짜?’

그녀는 태어나서 이렇게까지 무시당한 적이 없다.

자신이 얼마나 매력이 없으면 이럴까 싶다.

약속 시간을 한 시진이나 늦은 것도 용납하기 힘든 일이지만, 옷차림마저 거지같은 몰골을 하고 나타난 건 그녀에 대한 예의가 아니었다. 그래도 꾹 참고 있었는데, 이젠 오기가 생겼다. 여자의 자존심은 자신이 뻥 찼다고 해서 지켜지는 것이 아니었다.

그녀가 갑자기 털썩 자리에 앉았다.

“마음이 바뀌었어요. 밥도 먹고 시내도 돌아다녀요.”

“예에?”

“마차를 타고 교외로 나들이 가자구요. 야경은 남문대로 쪽이 아름답다고 하더군요. 그쪽으로 가면 되겠네요.”

“아, 아니, 그, 그건…….”

기무결은 크게 당황해서 말을 더듬었다.

잘 나가던 것이 갑자기 전혀 다른 방향으로 흘러가고 있다. 귀신이 곡할 노릇이었다. 지금은 자신을 왕재수쯤으로 생각하고 학을 떼야 정상인 것이다.

"지, 진짜 야경을 구경하러 갑니까? 아니죠? 농담한 거죠?"

"홍!"

철예군이 싸늘하게 코웃음 쳤다.

처음에는 그저 한번 툭 던져본 것에 불과했지만, 기무결의 반응이 또 한 번 그녀의 자존심을 긁고 말았다.

"난 오늘 반드시 그대와 야경을 구경해야겠어요."

기무결의 얼굴이 창백하게 변했다.

'끙! 이, 이게 아닌데?'


그날 철예군은 밤늦게 자신의 처소로 돌아왔다. 마차를 타고 야경도 구경했고, 교외로 나가 바람도 쐬다 보니 시간이 야심한 밤에 이르렀던 것이다.

남녀가 유별한 시기다.

당연히 만난 지 하루 만에 늦은 밤에 여인을 보내준다는 건 예의에 어긋나는 일이었다.

아마 다른 아버지였다면 만난 지 하루 만에 진도가 너무 빠른 것 아니냐며 따져 물었을지도 모른다. 아니, 야경을 구경하면서 다른 짓을 하지는 않았는지 꼬치꼬치 캐물어야 정상이다.

하지만 철산호는 지금 입가에 웃음이 떠나지 않고 있었다.

"푸하하! 어제는 교외로 나가 야경을 구경하고 왔다고?"

시내에 자리한 객잔 안이었다.

기무결은 자신의 정체를 숨긴 채 조사를 하기 위해 일부러 풍운산장이 아닌 객잔에서 생활하고 있었다.

　문득 기무결이 철산호의 눈치를 살피며 조심스럽게 물었다.

　"혹시 철 소저가 아무 얘기 안 했습니까? 예를 들어……."

　"예를 들어?"

　"그러니까 소생이 무례한 사람이라느니 뭐 그런 얘기 말입니다."

　"무슨 말인지 모르겠군. 군아는 자네와 진지하게 몇 번 만나보겠다고 했네. 자네가 어떻게 했기에 만사 귀찮아하는 녀석이 연애를 하겠다고 하는 건가?"

　"예에?"

　그건 오히려 자신이 묻고 싶은 말이다.

　그야말로 귀신이 곡할 노릇이다.

　그는 어제 남자가 할 수 있는 행동 중에 최악의 행동만 골라서 했다.

　차를 마시고 밥을 먹을 때도 계속 옷에 묻히고 바닥에 흘리면서 먹었다. 야경을 구경하러 갔을 때도 일부러 까칠하게 굴었다. 어색한 분위기를 조성하기 위해 반 시진 넘게 말 한마디 안 한 적도 있다. 여자 입장에서는 최악의 남자인 셈이다.

　'으으, 돌겠네. 그렇게까지 했는데도 왜 안 떨어져 나간 거지? 첫 만남에 그 꼴을 보고 나면 대부분 학을 떼고 도망가

던데.'

기무결은 머리가 복잡해 터져 나갈 지경이다.

하지만 여자의 마음은 그리 간단하지 않았다. 온갖 사기와 거짓말에 능한 기무결이지만, 변화무쌍한 여자의 마음까지는 모르고 있었다.

"한데 군아의 반응은 왜 묻나? 자네 혹시 군아에게 몹쓸 짓을 한 건가?"

"모, 몹쓸 짓이라니요. 소생은 결백합니다. 어제 철 소저의 옷깃도 스친 적이 없습니다."

"쯧쯧, 그게 몹쓸 짓이지. 어제 같은 날은 분위기 잡고 술도 마시고 마음이 가는 대로 덮치기도 했어야지."

"컥! 그, 그게 지금 아버지란 분이 할 말입니까?"

철산호가 기무결의 어깨를 가볍게 토닥여 주며 의미심장한 웃음을 지었다.

"클클! 괜찮네. 나도 남자인데 설마 자네 마음을 모르겠나? 요즘엔 젊은 사람들 사이에선 사고를 치고 결혼하기도 한다던데, 앞으로는 내 눈치 볼 것 없네. 그냥 놔두기에는 군아가 좀 예뻐야 말이지."

"끙!"

철산호는 뭔가 단단히 오해하고 있었다.

하긴 만난 지 하루 만에 야경을 구경하러 갈 정도이면 두 사람 모두 마음에 들었다는 소리일 테고, 당연히 그 상황에서 어떻게 해보려고 수작을 부리는 게 수컷들의 본능이었다.

"사실 군아가 어제처럼 늦게 집에 들어온 것은 처음일세."

"에이, 농담하지 마십시오. 저희는 이경 안에 들어갔다구
요."

구중궁궐의 여인들에게는 많이 야심한 시각이겠지만, 자
유분방한 무림의 여인들에게는 그리 늦은 시간이 아니었다.

"쯧쯧, 그러니까 하는 말이네. 군아는 밖에 나가는 것도 귀
찮아하는 데다 무언가에 쉽게 흥미를 느끼지 못하는 성격이
라네."

그런 의미에서 어제 야경까지 구경하고 돌아온 것은 철산
호에게 일대 사건이었다.

철예군이 누군가에 관심을 갖고 밖으로 나가려는 모습 자
체가 처음인 것이다. 그는 그것만으로도 기무결이 고마울 지
경이었다.

기무결은 왠지 불길한 기분이 들었다.

이제는 꼼짝 없이 철예군을 몇 번 만날 수밖에 없을 것 같
았다.


五


사람을 의심하다 보면 한도 끝도 없는 법이다.

더구나 지금처럼 누가 간세이고 누가 독을 풀었는지 모르

는 상황에선 가장 가까운 사람이 적일 확률이 높았다.

철산호는 누구도 믿을 수 없었다.

자신과 오랫동안 함께해 온 심복은 물론이고 심지어 자신의 자식들까지도 완벽하게 믿기 어려웠다.

그런 의미에서 산장을 비운 지금이 가장 사람들의 뒷조사를 하기 좋은 시기였다.

철산호는 사대호법과 십대장로는 물론이고 철패강과 철위강의 처소까지 뒤졌다. 물론 사람들의 눈을 피해 은밀하게 움직였다.

"그들의 처소에선 아무것도 발견되지 않았네."

철산호의 얼굴이 어둡게 변했다. 그런 그의 눈빛에선 녹색 광채가 며칠 전보다 더 진해져 있었다. 녹혈무형고의 독기가 점점 강해지고 있다는 뜻이었다. 이젠 공력으로도 완전히 억누르기 어려웠다.

이래서는 남아 있는 시간도 얼마 없거니와 조만간에 자신이 중독되었다는 것도 발각될 것이 뻔했다. 그전에 산장에 침투한 간세를 찾아내야 하는데 그러기에는 시간이 턱없이 부족했다.

"으음."

기무결은 처음부터 쉬운 일은 아니라고 생각했지만, 이렇게까지 어려울 줄은 생각하지 못했다.

아무런 단서가 없다는 것이 가장 심각한 문제였다.

모두가 산장을 비운 상태에서 조사를 하면 어느 정도 단서가 나올 줄 알았다.

　그렇다고 산장을 비운 사람들의 혐의가 완전히 풀렸다는 뜻은 아니었다. 오히려 간세들이 생각보다 더 치밀하고 교활하다는 증거일 수도 있었다.

　"뒷조사를 해서 간세를 찾아내는 계획은 실패한 것 같네."

　"아무래도 그런 것 같군요."

　"이제 나에게 남은 시간이 정말 얼마 되지 않은 것 같네. 사람들을 불러들여서 자네를 후계자로 삼겠다고 발표해야겠어."

　간세를 찾아내는 건 불가능한 일이고, 차라리 독이 발작하기 전에 기무결을 후계자로 확실히 만들어놓을 작정이었다.

　"자, 잠깐!"

　기무결은 덩달아 다급해졌다.

　"그건 안 됩니다."

　"흥, 설마 약속을 어기겠다는 것인가?"

　"그, 그런 게 아니라, 간세를 찾아내기 전에 소생의 신분이 드러나면 오히려 저까지 그자들의 손에 당할 수 있습니다."

　딴엔 맞는 소리였다.

　상대는 어둠 속에 숨어 은밀하게 움직이고 있었다.

　그렇다면 자신 역시 모습을 드러내지 않고 은밀하게 움직여 맞대응하는 수밖에 없었다.

"자네 말도 일리가 있지만, 만에 하나 자네를 후계자로 정하지 못하고 독이 발작하면 본 장주의 계획은 모두 물거품으로 변하고 말아."

철산호는 생사를 초월한 지 오래였다.

그는 죽음에 연연하는 성격이 아니었다.

하지만 풍운산장이 누군가의 손에 무너지거나 빼앗기게 되면 그는 죽어서도 눈을 감을 수 없을 것 같았다.


철예군은 병약한 몸으로 밤을 새워가며 녹혈무형고의 해독약을 찾는 데 골몰했다. 그녀의 침실은 온통 서책으로 난장판이 되어 있었다.

그녀는 수많은 의약 서적을 찾아보았다. 그리고 여러 약재를 이리저리 혼합해서 실험을 해보았지만 녹혈무형고의 고독을 죽이는 데 실패했다. 이독제독이라고 강력한 독으로 녹혈무형고를 억눌러 보기도 했지만 그마저도 실패하고 말았다.

그녀의 침실에는 각종 실험 도구가 있었다.

모두 그녀가 만든 것이었다.

그녀는 무공에는 일초무학이지만, 이런 식으로 무엇을 만들고 실험하는 데에는 천하에서 가장 뛰어난 재능을 지니고 있었다.

병약한 그녀의 얼굴이 더욱 창백해져 있다.

그녀도 나름대로 풍운산장에 침투한 간세들의 정체를 밝혀내기 위해 조사를 해보았다.

처음엔 어느 정도 반발심도 있었다.

철산호는 어려서부터 그녀의 재능을 높이 사면서도 정작 중요한 시점에서는 그녀를 크게 믿지 않았다.

이번에만 해도 그랬다.

간세들이 침투하고 풍운산장을 집어삼키려 한다면 굳이 기무결에게 부탁할 것이 아니라 처음부터 자신에게 도움을 구했어야 한다.

'흥! 반드시 그자의 콧대를 꺾어놓고 말겠어.'

오기라고 해도 좋다.

그녀는 간세들을 금방 찾아낼 자신이 있었다.

특히 지금은 산장이 비어 있기 때문에 사람들의 뒷조사를 하기에는 안성맞춤이었다.

하지만 아무리 조사를 해도 조그만 단서 하나 찾아낼 수 없었다. 이래서는 정말 산장 안에 간세가 침투해 있는지 의문마저 생길 지경이었다.

'흐음, 어떡해야 간세들을 찾아낼 수 있을까?'

문득 벽에 부딪친 기분이었다.

어려서부터 온갖 서책을 읽고 똑똑하다고 자부해 온 그녀였기에 지금 상황이 여간 당혹스러운 것이 아니었다.

기무결은 며칠 동안 고민하고 생각한 끝에 지금 같은 방법으로는 도저히 간세들을 찾지 못한다는 결론에 도달했다.

대단한 자들이다. 철산호가 녹혈무형고에 중독된 것만 아니라면 과연 풍운산장에 간세가 있는지조차 의심스러울 정도였다.

하지만 놈들도 인간이고 불완전한 존재였다.

반드시 어딘가에 허점이 있을 터.

싸움은 이제부터 시작이었다.

"차라리 전략을 바꾸는 것이 어떻겠습니까?"

"그게 무슨 소린가?"

"현재로써는 백방으로 뛰어봐야 놈들을 찾을 수 없습니다."

"정말 생각할수록 무서운 자들일세."

"하지만 놈들의 다음 행동을 예측할 수만 있다면 어떻겠습니까?"

"그야 말해 무엇 하겠나? 함정을 파고 놈들이 실체를 드러내 놓기를 기다릴 수 있겠지."

"바로 그겁니다."

철산호가 두 눈을 크게 치떴다.

"자네 지금 그 말은 놈들을 찾아낼 수 있을 것 같단 말인가?"

"어쩌면……."

기무결은 눈을 감고 잠시 생각에 잠겼다.

처음에는 자신도 확신하지 못했지만, 철산호와 대화를 나누는 가운데 머릿속에서 모든 계획이 분명하게 그려졌다.

"간세들이 장주께 독을 푼 이유가 뭐라 생각하십니까?"

"그야 본장주를 죽이고 풍운산장을 집어삼키기 위해서지."

"방금 그 말을 뒤집어서 생각해 보죠. 장주를 죽여도 풍운산장에는 철패강과 철위강 형제가 있습니다."

"그렇지. 한데 그게 어쨌다는 말인가?"

"철패강, 철위강 형제는 독에 중독되지 않았지요?"

"그런 기미는 전혀 없었네."

"그럼 간세들이 그들 형제는 어떤 식으로 제거하려 들까요?"

"으음."

거기까지는 철산호도 생각하지 못했다.

풍운산장의 차기 장주 후보는 지금까지 철패강과 철위강 두 명이었다. 즉 철산호가 죽으면 그들 두 명 중 한 명이 풍운산장의 차기 장주가 된다는 소리다.

"풍운산장을 차지하려면 반드시 죽이려고 하겠군."

"한데 독을 쓰지 않았다는 것은 독을 쓰지 않고도 해결할 방법이 있다는 소리겠지요."

확실히 일리가 있는 얘기다.

"자네 생각엔 어떤 수법을 사용할 것 같나?"

"이간질!"

"뭐, 뭐라고?"

"철패강과 철위강을 서로 싸우게 만들면 누가 이기든 엄청난 공력을 소모하게 될 겁니다. 적들은 바로 그 틈을 이용하면 별 힘 쓰지 않고도 두 사람을 제거할 수 있겠지요. 그러기 위해서는 이간질로 두 사람 사이를 부채질하는 게 쉬울 겁니다."

그러자면 풍운무벌과 풍운상단에 동시에 작업이 들어갈 공산이 컸다.

철산호가 멍하니 기무결을 쳐다보았다.

그야말로 가공할 정도의 추리였다.

물론 기무결의 생각이 맞을 거라는 확신은 할 수 없지만, 왠지 적들이 이간질을 해 철패강과 철위강 형제를 싸우게 만들 것만 같았다.

"풍운무벌에 어떤 식으로 작업이 들어갈지는 모르겠습니다. 하지만 풍운상단은 돈과 관련된 방법일 겁니다. 혹시 전장이 있습니까?"

"본점은 이곳에 있고 천하 각지에 지부가 여러 개 있네."

"그럼 잘됐군요. 상단에서 벌어들이는 자금은 전장으로 모일 테니 소생을 전장에 취직시켜 주십시오."

자금 흐름에 이상한 계좌를 발견하고 추적하면 누가 어떤 방법으로 이간질을 하려는 것인지 알아낼 수 있을지도 몰랐다.

발령은 다음 날 즉각적으로 이루어졌다.

기무결은 옷을 차려입고 풍운전장으로 출근했다.

"신입사원 기무결이라 합니다."

第二章

재무부

一

　풍운전장은 중원 칠대전장 중 하나였다.

　천하 곳곳에 지점도 있고, 본점에는 직원이 백 명이 넘게 있으며 관련 부서도 일곱 개나 된다.

　기무결이 발령 난 곳은 일곱 개의 부서 중 회계를 담당하는 재무부였다.

　본점은 물론이고 지점까지 돈이 들어오고 나가는 것을 파악할 수 있는 곳이 재무부이기 때문이다.

　"재무부에 온 것을 환영하네."

　"자자, 인사는 그쯤으로 끝내고, 금미 소저가 자리를 안내해 주게."

부주의 말에 모두들 자신의 자리로 돌아갔고, 이십 대 초반의 아름다운 여인이 기무결에게 다가왔다.

그녀가 바로 금미라는 여인이었다.

오랜만에 받는 신입이지만 격하게 환영하는 일 따위는 없었다. 치열한 경쟁 사회이다 보니 오히려 눈치를 주는 경우가 더 많았다.

그 흔한 환영 연회도 없었고, 간단하게 자기소개를 하고 부서를 소개받는 것으로 모든 절차가 끝났다.

"어디 서원 출신이에요?"

"예?"

"재무부는 삼대서원 출신이 아니면 들어오기 어려운 곳이거든요."

"아, 예!"

기무결은 그제야 무슨 말인지 이해할 수 있었다.

예전에 문서 위조범으로 살 때 그가 사람들에게 해주던 일이 바로 이와 관련된 것이었기 때문이다.

"소생은 천무서원입니다."

"호오, 역시 그랬군요."

금미는 고개를 끄덕였다.

사실 지금은 신입사원을 채용하는 시기가 아니었다.

설령 채용을 하더라도 재무부는 신입이 한 번에 들어올 수 있는 곳이 아니었다. 여러 부서에서 경력을 쌓고 능력을 인정받은 사람이 들어오는 곳이 재무부였다.

하지만 천무서원이라면 말이 달라진다.

천무서원은 가히 중원 최고의 서원으로 명성이 높았고, 가끔 특채로 뽑는 경우도 있었다.

재무부는 위계질서가 강하고 군기가 엄하기로 유명했다.

특히 특채로 뽑힌 사람들에겐 가혹할 정도로 견제가 들어온다. 어쩌면 당연한 일이었다. 천무서원 출신들은 재무부 내에서도 최고의 인재를 뜻하기 때문이다.

"여기 적힌 서류들 좀 가져와요."

"이것들은 다 뭡니까?"

그녀는 재무부의 막내였고, 서류는 그녀가 준비해야 하는 것이지만 기무결로 인해 드디어 막내 딱지를 떼었다.

"호호! 앞으로 그대가 할 일이에요."

신입사원 기무결의 출근은 그렇게 시작되고 있었다.


재무부는 일개 부서라고 하기에는 중소 전장과 맞먹을 정도의 규모를 지니고 있었다.

그것을 대변하듯 재무부에는 이십 명이 넘는 직원이 있었다.

그들은 모두 최고의 교육을 받은 인재였다. 전장의 직원 중에서 똑똑한 사람들만 본점에서 일할 수 있었고, 그 중심은 당연히 재무부였다.

그도 그럴 것이, 재무부는 회계를 다루는 건 물론이고 각 지점의 입출 내역을 관리하고 자금의 집행을 맡고 있기 때문에 전문적인 지식이 있어야 하기 때문이다.

재무부 안에도 세 개의 조로 나뉘어져 있고, 처리하는 업무도 제각각 달랐다.

그것을 증명이라도 하듯 넓은 사무실은 책상과 자리 배치가 정확히 삼등분되어 있었다.

일조는 각 지점의 입출 내역을 관리하는 부서였다. 지점들이 고객들의 돈을 빼돌리는 일은 없는지 감시하는 것이 주목적이다. 이조는 서류를 검토해서 각 부서의 자금을 집행하는 곳이고, 삼조는 회계를 담당하고 있었다.

수상한 자금이나 차명계좌를 찾아내기에는 삼조가 제격이었다.

하지만 바로 업무에 투입되는 건 아니었다.

신입사원들은 일정 기간 수습 기간을 거치는 게 기본이었다.

수습 기간이라고 해서 업무를 파악하고 배우는 것이 아니다. 그런 건 눈치껏 알아서 배우는 것이고, 대부분 잡일이나 심부름을 하는 것이 주요 일과였다.

"여기 장부 가져다달라는 거 어떻게 된 거야? 일각이 넘었는데 왜 아직 안 와?"

"이봐, 신입! 회계장부를 작성해야 하니까 각 지점에서 발행한 영수증 좀 가져다달라고 했지?"

"여기 용정차 좀 가져다줘."

이곳저곳에서 기무결을 찾았다.

기무결은 팔자에도 없는 신입사원 행세를 하느라 몸이 열 개라도 부족할 지경이었다.

'어이구, 저것들을 그냥! 지네들이 할 걸 모두 나한테 떠맡기네.'

속에서 열불이 치밀어 올랐다.

생각 같아서는 자신이 풍운산장의 장주가 되어 이곳에 있는 놈들을 싹 다 밀어버리고 싶은 충동이 일었다.

사실 철산호의 추천으로 입사했다고 했으면 전장의 생활이 훨씬 편해졌을 것이다.

하나 그는 특채 형식으로 뽑혔다는 것만 밝혔을 뿐 아무것도 말하지 않았다. 전장 안에도 간세들이 있을지 모르기 때문이었다.

아니, 철패강, 철위강 형제를 이간질해서 싸우게 만들려면 반드시 이곳 어딘가에 간세가 있어야 가능한 일이었다.

뭐, 눈치라면 누구에게도 뒤질 기무결이 아니다.

그는 사람들이 군기를 잡으려고 더욱 잔심부름을 시킨다는 것을 알고 빠릿빠릿하게 움직였다.

그러다 잠시 시간이 나면 틈을 봐서 차명계좌를 확인하려 했지만, 사람들은 기무결이 잠시도 쉬는 꼴을 용납하지 않았다.

"이봐, 지금 거기서 뭐 하는 건가?"

"할 일도 없고 해서 업무를 빨리 파악하려고 잠시 자료를 확인했습니다만……."

"허허! 이거 교육을 어떻게 시킨 거야?"

"이번 신입은 건방지다 못해 무개념인 녀석일세."

"우린 말이야, 처음 업무를 파악했을 때가 한 달이 훌쩍 지나서였어."

"그전에는 감히 자리에 앉아 있지도 못했다구."

한마디로 한 달 동안은 잔심부름이나 하라는 뜻이었다.

하지만 기무결은 한 달 동안 기다릴 여유가 없었다.

"그럼 일이 다 끝난 다음에는 상관없는 겁니까?"

기무결의 당돌한 말에 사람들이 모두 입을 떡 벌린 채 다물지 못했다. 그렇게까지 얘기했으면 알아들을 줄 알았는데 이건 완전 고문관 수준이었다.

채일룡은 일조 조장으로 성격이 가장 불같기로 유명했다.

"부주님, 제가 이 녀석의 버릇을 단단히 고쳐 놓겠습니다."

"어허! 사람 성질머리하고는. 모르는 사람이 들으면 군대에 온 줄 알겠네."

부주는 가볍게 혀를 찼지만, 그렇다고 채일룡을 말리지는 않았다.

사람들이 모두 불쌍한 듯 기무결을 쳐다보며 고개를 절레절레 흔들었다. 당해본 사람만 알고 있다. 채일룡은 사람을 공황 상태로 몰아넣을 정도로 잔소리가 심하고 욕설과 말투가 험하기로 유명했다.

'쯧쯧, 이제 끝났군.'

'어쩌면 바로 그만둘지도 모르겠군.'

'그러게 정도껏 눈치가 없어야지.'

二

사내는 나무에 그려진 표식을 보고 눈빛을 반짝였다.

얼핏 보기에는 낙서처럼 보이지만, 사실은 그들 조직만 알아볼 수 있는 은어였다. 어제만 해도 없던 그림이니 생긴 지 얼마 되지 않았다는 뜻이다.

─철산호의 눈에서 녹색 광채가 떠올랐음. 그동안 공력으로 억눌러 온 것 같은데, 녹색 광채가 떠올랐다는 건 더 이상 공력으로도 억누를 수 없을 정도로 증상이 심각한 상태인 것 같음.

"흐흐, 그랬단 말이지?"

사내가 손을 놀려 표식을 지웠다.

녹혈무형고가 발작한 이상 철산호는 얼마 살지 못할 것이다.

그렇다면 이번에는 자신이 나설 차례였다.

"이제 철패강, 철위강 두 애송이만 제거하면 풍운산장을 손에 넣을 수 있겠군."

이건 철산호를 제거하는 것에 비하면 아무것도 아니었다.

사실 그는 조금씩 이 단계 계획을 진행해 나가고 있었다. 그리고 철산호가 중독된 게 확실해진 이상 본격적으로 시작할 생각이었다.

"흐흐, 네놈들은 서로 싸우다 죽어줘야겠다."

누구도 그의 계획을 막을 수 없을뿐더러 알아차릴 사람도 없을 것이다.

철팽호와 철위강 형제는 영문도 모른 채 서로를 의심하다 죽을 때까지 싸우게 될 것이었다.

그는 즉시 나무에다 표식을 남겼다.


―이 단계는 이미 시작됐음. 철패강 이름으로 차명계좌를 만들고 거액의 뭉칫돈이 조금씩 외부로 흘러가게 만들었음. 그 돈은 여러 곳을 거쳐서 최종적으로 혈마교란 곳으로 흘러감.


혈마교는 이백 년 전에 무림에 나타나 혈겁을 일으킨 장본인으로 그 힘이 어찌나 무섭고 가공한지 수많은 문파가 무너지고 수만 명의 무인이 죽었다. 그리고 무림은 혈마교의 발에 짓밟혀 풍전등화의 위기에 빠져 있었다.

훗날 사가들은 이것을 혈마교의 난으로 불렀다.

아무튼 당시 무림맹과 마도가 손을 합쳐 간신히 혈마교주를 죽이는 것으로 혈마교를 무너뜨렸는데 간세들은 지금 혈마교를 끌어들인 것이다.

사내는 지금 그 혈마교를 이용할 생각이었다.

그야말로 치밀하고 무서운 계획이 그의 손에서 펼쳐지고 있었다.


철예군은 병약한 몸으로 벌써 며칠 밤을 새웠는지 모른다.

그녀의 안색은 점점 더 창백하게 변해갔지만, 그렇다고 해도 실험과 연구를 멈추지 않았다.

오히려 철산호가 걱정이 되어 그녀를 찾아가 안심시켜 줄 정도였다.

"헛헛! 이러다 네가 먼저 쓰러지겠구나."

"콜록콜록! 이제 실마리를 약간 찾았어요."

"실마리? 혹시 녹혈무형고의 해독약을 발견했단 말이냐?"

"어쩌면……."

철예군은 담담하게 말했지만, 철산호는 소스라치게 놀랐다.

자신의 딸이 천재라는 것은 익히 알고 있는 일이지만, 녹혈무형고의 해독약은 지금까지 누구도 해결하지 못한 난제가 아니던가?

"정말 실마리를 찾아냈단 말이냐?"

"콜록! 아직 안심하긴 일러요. 실험에 약간 진전이 있을 뿐이에요. 그전에 오빠들을 불러들이세요."

"그건 아직 시기상조라 나중에 불러들일 생각이다."

"안 돼요."

철예군이 단호한 목소리로 말했다.

"간세들이 아빠에게만 독을 쓰고 오빠들에겐 쓰지 않은 이유가 뭐라 생각하세요?"

그녀는 텅 빈 풍운산장에서 아무런 증거도 찾을 수 없자 생각을 바꾸고 전략을 수정했다.

그러자 철산호만 중독된 것에 주목했다.

"간세들은 독이 아니더라도 오빠들을 제거할 수 있는 방법이 있다는 뜻이에요."

"으음."

"오빠들은 어려서부터 사이가 좋지 않았죠. 뭐, 이복형제이니 어쩌면 당연한 일이겠지만. 아무튼 간세들은 그 점을 파고들어 오빠들끼리 싸우게 만들려고 할 거예요."

"이간질을 해서 중간에 어부지리를 얻는다는 것이냐?"

"바로 그거예요. 때문에 지금 당장 오빠들을 불러서……."

"후후! 그거라면 네가 한발 늦었구나."

"한발 늦다니 그게 무슨 말이에요?"

"그 아이는 이미 며칠 전에 너와 똑같은 생각을 했다."

"서, 설마 기무결 그 인간이?"

철예군의 아름다운 얼굴이 와락 일그러졌다.

왠지 자존심이 상했다.

그녀는 인정할 수 없었다.

"흥! 어쩌다 소 뒷걸음질에 쥐 잡은 격이에요. 오빠들을 불러들여서 경각심을 준다고 해도 적들이 어떤 식으로 간계를 펴올지 모르니 아직 안심하기는 이르다구요."

"후후! 그렇다면 네가 진 것 같구나."

"뭐라구요?"

"그 아이는 이미 해결책을 제시했단다."

"그, 그럴 리가⋯⋯. 그 해결책이라는 게 뭔데요?"

"풍운무벌은 모르겠고, 풍운상단은 반드시 돈과 관련된 방법으로 공격해 올 거라고 하더구나."

"아!"

철예군은 그제야 머릿속에 떠오르는 것이 있었다.

"그것 보거라. 어떠냐? 이 애비의 안목이 제법 쓸 만하지 않느냐?"

"콜록콜록! 아빠는 지금 누구 편이에요?"

철예군이 빽 하고 소리를 질렀다.


三


다른 사람이나 천무서원이라면 깜빡 죽지 채일룡에겐 똑

같은 신입사원일 뿐이었다.

더구나 오랜 경험에 따르면 천무서원 출신치고 건방지지 않은 인간이 없었다. 뭐, 잘난 건 인정하겠지만, 그래서 더 혹독하게 잡아야 할 필요가 있었다.

선배는 하늘이고 상관은 황제나 마찬가지였다.

신입사원 주제에 말대꾸하는 건 절대 용납할 수 없었다.

"선배가 시키면 발바닥이 보이지 않을 정도로 뛰어다녀야 하는 거고, 상관의 명령에는 토를 달지 말게. 알겠는가?"

복명복창은 생명이다.

물어보면 큰 소리로 대답하는 것이 신입사원의 첫 번째 덕목이라나 뭐라나.

거의 군대에서나 있을 법한 얘기지만 사실 알고 보면 사회가 더 치열하고 무서운 곳이다.

아무튼, 그렇게 채일룡이 기무결을 따끔하게 교육시키고 재무부로 돌아온 것은 이각이 지난 뒤였다. 화도 내고 욕도 하고 으름장도 놓았으니 설령 바보천치라도 알아들었을 것이다. 그것으로 신입사원의 교육은 다 끝났다고 생각했다.

한편 채일룡과 기무결이 돌아왔을 때, 재무부에서는 귀한 손님이 그들을 기다리고 있었다.

바로 철예군이었다.

재무부는 한바탕 소동이 벌어졌다.

부주는 아까부터 철예군의 눈치를 보느라 정신이 없었다.

철예군이 자신의 처소에서 잘 나오지 않는 성격이라는 것은 모두가 알고 있는 사실이다. 그는 잘못한 것도 없는데 괜히 좌불안석이었다.

직원들은 서로 수군거렸다.

비리가 터져서 대대적인 감사가 벌어지는 게 아니냐고 생각하는 직원이 있는 반면 그냥 격려 차 들렀을 거라고 생각하는 사람도 있었다. 그것이 무엇이든 철예군이 찾아온 건 결코 흔한 일이 아니었다.

그때, 채일룡이 철예군을 알아보고 허리를 굽실거렸다.

"아이쿠, 아가씨 아니십니까?"

하지만 철예군은 그의 인사는 받지도 않고 기무결의 앞으로 다가갔다.

"왜 약속 시간에 안 나온 거예요?"

그녀가 다짜고짜 따지고 들었다.

"으음, 그게… 그러니까……."

그러고 보니까 오늘이 두 번째로 만나기로 한 날이었다.

"홍!"

철예군은 차갑게 코웃음을 쳤다.

이런 식으로 몇 번 무시를 당하니 이젠 화도 나지 않았다.

그녀가 갑자기 자리에 털썩 앉았다.

"아빠한데 물어봤더니 여기로 보내달라고 했다면서요?"

"끙!"

입 싼 양반 같으니.

그렇게 비밀을 지켜줄 것을 신신당부했건만.

그는 이곳에 놀러 온 것이 아니었다.

어쩌면 지금 간세들이 이 모습을 지켜보고 있을지도 모른다.

"철 소저, 일단 밖으로 나가서 얘기하죠."

기무결이 재빨리 그녀를 잡아끌고 밖으로 나갔다.

충격과 경악, 공포와 불신의 기운이 재무부를 휩쓸었다.

사람들은 믿기지 않는 표정으로 기무결과 철예군의 뒷모습을 멍하니 쳐다보았다.

"말도 안 돼!"

"신입이 아가씨 남자였어?"

"이곳에 들어오게 된 것이 장주께서 직접 꽂아준 거고?"

그것도 모르고 온갖 잔심부름을 시키고 군기를 잡아댔으니.

사람들의 안색이 새파랗게 질렸다.

금미는 울음을 터뜨리기 직전이었다.

채일룡은 머릿속이 하얗게 변했다. 그는 온몸에 힘이 풀리고 당장에라도 바닥에 쓰러질 것처럼 몸이 휘청거렸다.

"나, 난 죽었어. 내 출셋길은 이젠 끝난 거라구."


기무결이 철예군을 데리고 간 곳은 전장의 뒤편에 있는 쓰레기 소각장이었다. 이곳은 사람들의 왕래가 그리 많지 않았다.

"철 소저, 여길 찾아오면 어떡합니까?"

"그대를 도와주려고 온 거예요."

"예에?"

"지금 수습 기간이지 않나요?"

철예군은 일을 해본 적은 없지만 신입사원이 곧바로 업무에 투입되는 경우가 없다는 것쯤은 알고 있다.

"우리 상황이 수습 기간이 끝날 때까지 마냥 기다릴 수는 없잖아요."

"으음."

듣고 보니 그리 틀린 말은 아니었다.

졸지에 철산호도 인정한 철예군의 남자가 되었으니 누구도 감히 건들려고 하지 못할 것이다.

하지만 이는 동전의 양면과도 같아서 이젠 수습 딱지를 뗄수 있겠지만, 본점의 직원 모두에게 자신과 철예군의 관계가 알려졌을 것이다. 그렇다면 지금쯤이면 간세들의 귀에도 들어갔을 가능성이 높았다.

'어쩌면 내 뒷조사에 착수했을지도 모르겠군.'

그래 봐야 알려진 정보가 없으니 딱히 두려울 건 없었다.

하나 정보를 얻지 못하면 당연히 자신에 대해 의심을 품을터.

그럼 증거를 없애려고 할지도 몰랐다.

'그렇게 되면 상당히 귀찮아지는데.'

기무결이 가볍게 눈살을 찌푸렸다.

그전에 증거를 찾기엔 시간이 촉박했다.

"며칠 정도의 시간은 있어요."

철예군도 거기까지 생각한 모양이다.

이 며칠 동안의 시간이 마지막 기회였다. 간세들이 증거를 없애면 더 이상 그들을 찾아낼 방법이 없었다.

"차명계좌를 조사할 생각인가요?"

"일단은 그럴 생각입니다."

"나하고 같이 찾으면 시간을 단축할 수 있어요."

"하지만 그렇게 되면 간세들도 당장 증거를 없애려 들겠지요."

"휴! 그것도 그러네요."

그녀는 지금처럼 무언가에 관심이 생기는 게 처음이었다. 기무결과 함께 차명계좌를 찾으면 생각보다 재미있을 것 같았다.

그녀는 마음 같아서는 당장에라도 풍운전장에서 관리하는 모든 계좌를 조사하고 싶었다.

하나 그녀가 더 이상 나서면 간세들의 의심을 품는 시간만 단축시켜 주는 꼴이었다.

"우리 가문의 일을 그대 혼자서 해결하게 해서 미안하군요."

"그거야 뭐……."

억울한 심경이야 말을 하려고 들면 아마 몇 날 며칠을 새워도 부족할 판이다.

하지만 이미 철산호와 약속된 것이니 어쩔 수 없는 일이었고, 철예군이라도 알아주니 그나마 다행이란 생각이 들었다.

바로 그때였다.

철예군이 차가운 얼굴로 표정을 바꾸고 말했다.

"약속은 약속이니 우린 간세들을 찾은 다음에 만나기로 하죠."

"끙! 그건 이미 없던 일로 한 거 아니었습니까?"

"흥! 그건 사람 바람 맞혀놓고 할 말은 아닌 것 같은데요?"

"소저도 처음엔 거절할 생각으로 나온 거 아니었습니까?"

"시끄러워요."

기무결을 도와 간세를 찾는 것과 기무결이 약속을 어기고 자신을 바람맞힌 것은 변하지 않는 사실이었다.

"다음에도 바람맞히면 그때는 가만두지 않을 테니 단단히 명심하는 게 좋을 거예요."


四


재무부의 분위기는 백팔십도 바뀌어 있었다.

일단 부주부터 기무결의 눈치를 보며 전전긍긍했다.

"아가씨가 왜 찾아온 건가?"

"별거 아니니 신경 쓰지 마십시오. 철 소저와 태중혼약을 한 사이인데, 그래도 몇 번은 만나보고 결혼하고 싶은 것이 인지상정 아니겠습니까?"

"컥! 태, 태중혼약!"

그게 별거 아니란다.

잘하면 나중에 풍운전장을 물려받을 수도 있는 일이었다.

"그럼 저는 무슨 일을 할까요? 서류를 정리할까요?"

"아이고, 이 사람아! 무슨 그런 섭섭한 소릴 다 하는가?"

그야말로 사람 잡을 소리다.

부주는 갈증이 일었다. 목이 바싹바싹 타들어갔다.

"자넨 그냥 편하게 쉬게. 그런 잡일이야 우리가 해도 충분한 것을. 다들 안 그런가?"

그가 다른 사람들을 돌아보며 물었다.

"그, 그렇죠. 앞으로 큰일을 하게 될 사람이 잡일을 하면 되겠습니까."

"앞으로 시킬 일이 있으면 언제든 우리에게 명령만 내리게."

그들은 언제 기무결을 부려먹었냐는 듯 허리를 굽실거렸다. 최고의 인재만 모인 재무부였지만, 사람들의 심리는 못 배운 사람들과 별반 다를 게 없었다.

"험험! 다들 그렇게 말씀하신다면 뭐……."

이런 상황이 되면 대부분 한 번쯤은 사양하게 마련이지만, 기무결은 그런 것이 없었다.

오히려 그는 금미를 쳐다보며 말했다.

"소생이 갑자기 목이 마른데……."

"제, 제가 빨리 가서 차를 가져올게요."

금미는 선배 체면이고 뭐고 없었다.

그녀는 헐레벌떡 뛰어가서 용정차를 가져왔다.

채일룡이 그녀를 부러운 표정으로 바라보고 있다.

그에게도 무슨 명령을 내려주면 가문의 영광으로 생각하겠건만 기무결은 아까부터 한 번도 시선을 주지 않고 있다.

'역시 난 망한 거야.'

태중 혼약이라는데 말 다 한 셈이다.

그는 불쌍한 표정으로 부주를 쳐다보았지만, 부주는 애써 고개를 돌려 그의 시선을 외면했다.

기무결은 더 이상 눈치 볼 것 없이 자기 하고 싶은 일을 할 수 있었다.

그는 필요한 자료가 있으면 앉은 자리에서 말만 하면 사람들이 알아서 다 가져다주었다.

덕분에 기무결은 쉽고 빠르게 계좌를 조사할 수 있었다.

풍운전장엔 수만 개의 계좌가 있었는데, 그것들을 일일이 다 확인하고 조사하는 건 보통 고역이 아니었다.

그렇게 삼 일째 날이었다.

노호란 이름으로 수만 냥의 돈이 들어온 흔적이 있다. 그리고 노호의 계좌에서 혈교란 곳으로 돈이 빠져나갔는데, 날짜를 확인해 보니 며칠 전의 일이었다.

한눈에도 차명계좌라는 것을 알 수 있었다.

당연히 노호란 이름은 가짜일 확률이 높았다.

혈교는 이름만 들어도 왠지 사파일 것 같은데, 문제는 당금 무림에 혈교란 곳이 없다는 것이다. 그렇다면 혈교라는 이름도 가짜라는 소리였다.

원래 그런 법이다.

차명계좌를 이용하는 자들은 뭔가를 숨기기 위해 명의를 도용하는 것이고, 몇 단계에 걸쳐 장벽을 쳐놓기 때문에 돈의 출처나 사용처 등을 밝혀내기 어렵다.

하지만 혈교란 이름을 떡하니 드러냈으니 세상에 이런 식의 차명계좌는 없다.

그건 기무결이 누구보다 차명계좌를 많이 이용해 봐서 알고 있었다.

이건 마치 누군가 봐달라고 하는 것 같았다. 아니, 조금만 조사하면 금방 들통 날 수 있는 건 진정한 차명계좌가 아니었다.

그래도 차명계좌의 형식은 모두 들어가 있었다.

얼핏 보면 어설퍼 보이지만, 고수의 손길이 느껴지는 대목이기도 하다. 이런 식으로 만들어놓고 함정을 파면 누구 한 사람 인생 파멸시키는 것은 일도 아니었다.

"찾았다."

기무결은 계좌가 만들어진 지 얼마 되지 않은 것에 주목했다.

시간상으로 몇 단계에 걸쳐 장벽을 치기에는 무리였다. 그렇다면 서둘러 조사하면 범인의 종적을 밝혀낼 수 있다는 뜻이다.

기무결의 생각은 틀리지 않았다.

노호의 이름은 가짜였고, 명의를 도용한 사람은 철패강으로 되어 있었다.

이제 남은 건 누가 돈을 노호의 계좌로 입금했고 어디로 흘러들어 갔는지 밝혀내는 것이다.

"이 돈의 출처를 알 수 있겠소?"

기무결이 채일룡에게 노호의 계좌를 내밀며 말했다.

"그, 그야 여부가 있겠나?"

채일룡은 요즘 하루하루 가시방석에 앉아 있는 기분이었다.

한데 기무결이 자신에게 임무를 맡겼으니 목숨까지 바칠 기세이다.

그는 정확하게 한 시진 만에 돌아왔다.

그의 손에는 몇 장의 서류 뭉치가 들려져 있다.

"처음에는 이쪽 계좌로 들어갔는데 그것도 차명계좌였네. 그랬다가 다시 여기 이 계좌로 들어갔는데 이름이 혈마교라고 되어 있군."

"혀, 혈마교!"

기무결은 뭔가 잘못되었다는 것을 깨달았다.

이백 년 전에 사라진 혈마교가 난데없이 등장할 줄은 생각도 못한 일이다.

"한데 조금 이상한 것이 있네."

"그게 뭡니까?"

"혈마교의 계좌에서 몇 군데로 돈이 빠져나갔는데 그게……."

채일룡이 고개를 가로저었다.

그 자신도 확신하지 못하는 모습이다.

"무림맹과 황실이네."

"설마 농담이죠?"

"내 능력을 무시하지 말게. 이래 봬도 나는 업계 최고라 자부하네."

원래 차명계좌는 추적하지 않는 것이 업계 불문율이었다.

그리고 이렇게 몇 개씩 장벽을 치고 보안을 만든 건 추적하기도 어려웠다.

하지만 채일룡은 충성을 하는 의미에서 불문율까지 깨뜨

리고 악착같이 추적해서 결국엔 성공한 것이다.

기무결은 충격에 빠져 잠시 말을 잃었다.

'이, 이게 어떻게 된 거지?

무림맹과 황실이라니.

도대체 혈마교가 무림맹이나 황실과 무슨 관계가 있는 건지 이해할 수 없었다.

'혹시 화은설?

문득 누군가 동영의 인자에게 청부를 해서 화은설을 죽이려 했던 일들이 떠올랐다. 그자들은 분명 무림맹 안에 있었고, 상당히 요직에 있을 가능성이 높았다.

왠지 화은설을 죽이려던 자들과 이번 사건이 무관하지 않을 것 같다는 느낌이 들었다.

第三章

암호 해독

—

"응?"

이번에는 담벼락 밑에 표식이 그려져 있다.

—누군가 계좌를 조사하고 있음.

본점에 신분을 속이고 잠입해 있는 간세에게 연락이 온 것
이다.

사내는 소스라치게 놀랐다.

"벌써?"

이럴 리가 없었다.

이건 예정보다 너무나 빨랐다.

그들이 문제를 터뜨리기 전에 누가 알아차린다는 건 있을 수 없는 일이었다.

더구나 차명계좌를 만든 지 얼마 되지 않아서 확실하게 장벽을 치지 못한 상황이다. 문제는 지금 조사를 하면 금방 자신들의 실체가 드러날 수 있다는 것이었다.

"도대체 어떤 놈이……."

결코 가볍게 넘길 사안이 아니었다.

그는 즉시 표식을 지우고 그 자리에 그림을 그려 나갔다.

─반드시 놈의 정체를 알아내라!

그의 발걸음이 분주해졌다.

그는 자신의 처소로 돌아가 전서구를 날렸다. 상부에 위급 상황을 보고했다. 그도 상부의 지시를 받는 입장이었다. 지금까지 차명계좌와 관련된 내용은 모두 상부에서 만들어놓은 것이고, 그는 철패강이 뒤집어쓸 수 있게끔 거들기만 했을 뿐이었다.

"으음, 정녕 혈마교가 다시 세상에 나타났단 말인가?"

철산호는 계좌의 실제 주인이 혈마교란 말에 큰 충격에 빠졌다. 흔히 고생했다느니 수고했다느니 하는 말이 먼저 나와야 하는데, 충격에 빠진 나머지 머릿속이 하얗게 변하고 말았다. 혈마교라는 이름이 주는 충격과 공포감은 그만큼 극심한 것이었다.

"혈마교가 무너진 지 이백 년이 되었거늘 어떻게 지금 와서 되살아난단 말인가?"

당시에도 정파와 마도가 연합해서 겨우 막았다는 기록이 남아 있었다.

정파와 마도는 혈마교의 뿌리를 뽑기 위해 몇십 년 동안을 추적하며 잔당을 소탕하는 데 전력을 다했다.

그만큼 혈마교의 힘과 저력을 두려워했다는 증거였다. 그나마 다행인 것은 몇십 년 동안 추적한 끝에 혈마교의 잔당을 모두 제거했고, 정파에서는 무림맹의 필요를 느껴 지금의 무림맹을 창설하게 되었던 것이다.

하지만 그 여파는 상당했다.

수많은 문파가 이슬처럼 사라져 갔다. 당시 죽어간 무림인이 몇 명이며 멸문을 당해 세상에서 사라진 문파와 방파가 몇 개인지 일일이 셀 수조차 없을 정도였다.

세상에 무서울 것이 없는 철산호였지만, 이때만큼은 몸에 한기가 든 듯 온몸이 으스스 떨려왔다.

기무결은 혈마교로 흘러들어 간 자금이 다시 무림맹과 황실로 빠져나갔다고 했다.

그렇다는 건 무림맹과 황실에도 혈마교의 간세들이 있다

는 뜻이었다. 이미 무림맹과 황실에까지 손을 뻗었다면 혈마교가 천하에 뻗치지 않은 곳이 없다는 소리이다. 한데도 무림이나 황실 그 어디에서도 혈마교의 존재를 전혀 모르고 있었다.

"말세로다. 천하가 정말로 종말을 맞이하려 하는가?"

二

기무결은 차명계좌만 찾으면 절반 이상은 끝난 일이라고 생각했다. 적어도 전장에 숨어든 간세가 누구인지 정도는 금방 알아낼 수 있을 줄 알았다.

하지만 놈들은 보통 치밀한 게 아니었다. 증거가 될 만한 것은 아무것도 남겨놓지 않았다. 차명계좌의 끝에는 조작한 자가 나와야 정상인데, 지금은 아무것도 찾을 수 없었다. 마치 유령이 차명계좌를 만들고 돈을 관리한 것 같았다.

혈마교에게 막대한 자금을 대준 자들만 해도 그랬다.

수만 냥의 돈을 보내려면 반드시 기록에 남아야 하지만 그런 것조차 발견할 수 없었다.

그들은 가짜 상단을 만들고 그곳을 이용해 돈을 보내고 있었다. 무림맹과 황실로 돈이 흘러간 정황은 있지만 누가 돈을 찾았는지 알 수 없었다.

채일룡은 이렇게 치밀하고 교묘하게 장벽을 친 자들은 처음 본다며 혀를 내둘렀다.

그렇다고 아예 방법이 없는 건 아니었다.

기무결은 한 가지 방안을 떠올렸다. 하지만 그가 생각한 계획을 실행하기 위해서는 누군가 도와줄 사람이 필요했다.

기무결은 내키지는 않지만 철예군을 찾아갔다. 그녀는 한창 실험을 하는 중이었다.

그녀의 처소는 여인의 방이라고는 할 수 없을 정도로 어지러웠다. 아름다운 장식은 거의 찾아볼 수 없었고, 대신 각종 실험 도구와 약재, 그리고 서책이 공간을 차지하고 있었다.

"예고도 없이 무작정 찾아오면 어떡해요?"

철예군은 어지러운 방을 보여주는 게 약간 겸연쩍은지 기무결을 원망했다.

그녀는 한 번도 자신의 방을 누군가에게 보여준 적이 없다. 누굴 초대할 일도 없거니와 설령 초대한다 해도 전혀 개의치 않았다.

하지만 상대가 기무결이라면 왠지 신경이 쓰인다.

기무결이 온다는 것을 알았다면 밤새 연구한 탓에 푸석한 얼굴로 만나지도 않았을 것이고, 적어도 옷도 아름다운 것으로 갈아입었을 터였다.

더구나 방 안 풍경은 최악이었다.

그녀 스스로도 여자의 방으로 이건 실격이라는 것쯤은 알고 있다. 그래도 지금까지는 그녀 자신이 누구의 눈치도 보지 않고 살아왔기 때문에 개의치 않았을 뿐이다.

"대단하군요. 장주께 대충 얘기를 듣긴 했지만 이렇게까지 연구에 몰두하고 계실 줄은 몰랐습니다."

기무결이 신기한 듯 방 안을 살펴보며 말했다.

"어, 어딜 봐요?"

침상 위에 속옷이 널브러져 있는 것을 보고 철예군이 기겁했다.

그녀는 황급히 속옷을 침상 밑으로 던져 넣었다. 병약한 모습과는 달리 속옷 색깔은 정열적인 빨간색 위주였다.

"휴우! 여인의 방을 너무 뚫어지게 둘러보는 것은 실례예요."

"아, 죄송합니다."

기무결이 겸연쩍은 표정으로 머리를 긁적였다.

이런 방이 처음은 아니다.

화은설의 방도 바닥 곳곳에 속옷이 널브러져 있을 정도로 지저분하기 짝이 없었다.

'절세적인 미모를 지닌 여인들은 모두 이런 걸까?'

그나마 화은설과 철예군의 차이라면 화은설은 별로 하는 일도 없으면서 정리를 안 한 것이고, 철예군은 연구를 한다고 바빠서 정리를 못한 것이다.

철예군은 대충 정리를 끝내고 기무결에게 자리를 권했다.

"그나저나 차명계좌를 찾았다는 말은 들었어요."

"소저께서 도와준 덕분입니다."

"도움이 됐다니 다행이네요. 그럼 이제 거의 다 해결된 건가요?"

"사실 그것 때문에 소저를 찾아왔습니다. 철 소저께서 소생을 좀 도와주셔야겠습니다."

기무결은 현재 상황을 간략하게 설명해 주었다. 철예군의 표정이 심각하게 변해갔다. 그녀가 전장에 찾아가서 기무결에게 힘을 실어준 것은 사건을 빨리 끝내기 위해서였다.

차명계좌를 찾는 게 어렵지 일단 찾기만 하면 간세들의 정체도 금방 알아낼 수 있을 줄 알았다.

하지만 기무결의 말을 듣고는 적들이 생각보다 만만치 않다는 것을 직감했다.

"적 중에 범죄 수법에 통달한 자가 있는 것 같군요."

"아무래도 그런 것 같습니다."

가짜 상단을 만들어 돈을 송금한다든지, 무림맹과 황실로 돈을 보내기 위해 여러 가지 장벽을 설치한 수법 등이 결코 예사로운 것이 아니었다.

문서를 위조하는 건 기본이고 전장의 운영 체계 등도 완벽하게 꿰고 있어야 가능한 일이다.

"그럼 이제 어떻게 하죠?"

철예군이 난감한 표정으로 물었다.

그녀의 자질은 누구보다 뛰어나지만 아쉽게도 범죄 부분

에 있어서는 백지 상태나 마찬가지였다.

"방법이 있긴 있습니다."

"아!"

그제야 철예군은 기무결이 자신에게 도움을 청하기 위해 찾아왔다는 말이 떠올랐다.

"정말 간세들을 찾아낼 방법이 있단 말이에요?"

"그리 어려운 건 아닙니다. 눈에는 눈, 이에는 이로 상대할 생각입니다."

"뭐, 뭐라고요?"

철예군이 어리둥절한 표정으로 기무결을 쳐다보았다.

처음엔 자신이 잘못 들은 줄 알았다.

눈에는 눈, 이에는 이로 상대한다면 결국 범죄 수법으로 나가겠다는 것으로 들린 것이다.

"소저께서 생각하는 대로입니다."

"그, 그럼 정말로?"

"범죄 수법이죠. 지금으로써는 그것만이 유일한 방법입니다."

다음 날이다.

담벼락 밑에 어김없이 표식이 그려져 있다.

―놈의 정체를 알아냈음. 계좌를 조사한 자는 철예군과 태중

혼약을 한 기무결이라는 자임. 기무결은 이미 재무부를 장악했고, 채일룡을 시켜 계좌를 조사하는 것을 보면 철산호와 모종의 밀약이 된 것으로 판단됨.

"이건 또 무슨 소린가? 철예군이 태중혼약을 했다고?"

사내의 두 눈이 크게 치떠졌다.

철예군이 태중혼약을 했다는 말도 금시초문이지만, 기무결이란 자가 언제 본점에 입사했는지 귀신이 곡할 노릇이었다.

하지만 표식에 기무결이라는 자의 신상명세가 없는 것을 보면 아직 그자와 관련된 내용은 알아내지 못한 모양이다.

"흐흐, 철산호가 제법 머리를 굴렸군."

사실 녹혈무형고에 중독이 되었는데도 차기 장주를 바로 정하지도 않고 철패강과 철위강 형제를 불러들이지 않을 때 어느 정도 예감은 하고 있었다. 분명 자신들을 상대하기 위해 모종의 대비를 하고 있으리라고 말이다.

하나 그것이 철예군의 약혼자일 줄은 꿈에도 생각하지 못했다. 확실히 예상 밖의 일이었지만 그렇다고 놀랄 정도는 아니었다.

오히려 겨우 애송이 하나로 자신들을 상대하려는 것이 가소롭게 느껴졌다.

"흐흐, 철산호! 실망이군. 그래도 딴에는 마도십대고수 중

한 명이라 나름 긴장하고 있었거늘. 우리의 정체를 겨우 애송이 하나로 알아낼 수 있을 것 같았단 말이냐?"

이미 상부에서 확실하게 장벽을 쳐두었다는 연락이 왔다.

그는 이제 더 이상 걱정하지 않았다.

철산호가 손에 쥘 수 있는 정보는 운이 좋으면 혈마교란 이름 정도 알아내는 것이 전부일 것이다.

아주 잠시 잠깐 동안이지만 제법 긴장하기는 했다.

하지만 이것으로 확실해졌다.

천하의 그 누구도 그들을 상대할 수 없다는 것을.

그리고 천하무림과 황실이 그들의 손에 무너지고 파멸을 맞이할 날도 멀지 않았다는 것이 말이다.

"좋아, 이제 기무결이란 애송이 놈이 누구인지 본격적으로 사냥을 시작해 볼까?"

三

기무결은 그들이 사용한 방법을 그대로 따라했다.

일단 가짜 상단을 만들고 장벽도 몇 개나 쳐놓았다. 그리고 그 상단의 이름으로 발견된 계좌로 만 냥을 입금했다. 물론 만 냥은 철산호의 주머니에서 나온 것이다. 어쩌면 영영 잃어버릴지도 모를 돈이었지만, 이 정도는 투자해야 적이 미끼를 물 것이었다.

"계좌에 돈이 들어간 이상 누군가 확인하려 할 겁니다. 그리고 예전과 똑같은 방법을 사용했으니 돈을 찾으려고 하겠지요."

그렇게 주사위는 던져졌다.

똑같은 정체불명의 돈이지만, 과연 그들이 돈을 찾으러 전장에 나타날지는 기무결도 확신할 수 없었다.

'정말 그들이 쓴 수법 그대로 사용하네.'

철예군은 옆에서 지켜보며 벌린 입을 다물지 못했다.

모든 것이 범법 행위였다.

상단을 만들려면 문서가 필요한데, 기무결은 그 모든 것을 위조했고 장벽을 칠 때도 차명계좌를 여러 개를 만들었다. 그녀는 이렇게 능수능란하게 문서를 위조하고 차명계좌를 만드는 사람이 또 있을까 싶었다.

"대단한 능력이군요. 공자의 전직이 무엇인지 심히 의심이 되네요."

철산호에게 듣기로는 정파의 인물이라고 한 것 같은데 지금 이 모습은 그 어떤 범죄자보다 능숙했다.

"정말 정파 사람이 맞나요? 이참에 아예 이쪽 계통으로 나가도 되겠어요."

"험험! 악담을 하십시오."

기무결은 가슴이 뜨끔했다.

그렇지 않아도 그쪽 계통에서 살다가 무림으로 넘어온 것이기 때문이다.

'과연 그들이 미끼를 물 것인가?'

워낙 교활하고 의심이 많은 자들이니 기무결도 확신을 못 하고 있다.

지금은 그저 그들이 미끼를 물기만을 기다리는 수밖에 없었다.


뇌강이 지팡이에 몸을 의지한 채 절뚝절뚝 다리를 절며 대명호에 들어섰다.

그는 지금 누가 봐도 영락없는 거지였다.

더럽고 지저분한 몰골은 말할 것도 없거니와 다리까지 절고 있어서 보는 사람으로 하여금 절로 연민의 정을 불러일으키게 할 정도였다.

뇌강은 며칠 전만 해도 몰골이 이 정도까지는 아니었다.

그때는 그나마 사지육신은 멀쩡했기 때문이었다.

하지만 지금은 온몸이 성한 곳이 없었다.

불과 며칠밖에 지나지 않았지만 뇌강은 십 년은 더 늙어 보였다.

"이놈의 새끼, 만나기만 해봐라."

뇌강이 기무결을 떠올리며 이를 갈았다.

기무결의 거짓말에 속아 지옥을 몇 번이나 갔다 왔으며 개고생은 또 얼마나 많이 했던가?

그는 지난 십여 일 동안 제대로 잠을 자본 적도 없고 음식을 먹은 적도 없다. 조금만 숨 좀 돌리려고 하면 풍운산장의 무사들이 귀신같이 나타나 들이닥치는데 사람 미치고 환장할 노릇이었다. 아직까지 살아 있는 것이 기적이다.

원수도 이런 원수가 없었다.

살부지수보다 더한 철천지원수였다.

아마 기무결의 목을 자신의 손으로 직접 비틀어 버리겠다는 간절한 소망이 없었다면 너무나 힘들고 고통스러워 벌써 도망치는 것을 포기하고 죽음을 택했을지도 몰랐다.

"으으, 이제 다 왔구나!"

뇌강은 대명호를 보는 순간 맥이 탁 풀렸다.

원래 뇌강은 기무결과 헤어지기 전에 만날 곳을 따로 정했는데 그곳이 바로 대명호였다.

대명호는 예로부터 이백이나 두보 같은 시인 묵객들이 즐겨 찾는 곳이었다.

지금도 호수 위에는 많은 사람이 뱃놀이를 하고 있고, 호수 주변에서는 아름다운 노랫소리가 들려오고 있었다.


한편, 약속 장소에는 화은설과 제갈사란만이 나와 있었다.

약속한 날짜가 이미 지났지만 그녀들은 혹시나 싶어 며칠 더 기다리는 중이었다.

"아니, 뇌 장로? 몰골이 그게 뭐예요?"

"어디 전쟁터에 나갔다 왔어요?"

그녀들은 뇌강을 보고 깜짝 놀랐다.

거지도 이런 상거지가 없었다.

자세히 보지 않았다면 아마 그냥 지나쳐 버렸을 것이었다.

"어이구, 전쟁터란다."

뇌강은 자리에 털썩 주저앉았다.

이건 패잔병의 모습이나 마찬가지였다.

하긴 이 몰골을 보고도 자신을 한눈에 알아봐 준 것이 기적이었다.

하나 그것도 잠시, 그는 화은설과 제갈사란의 모습을 보는 순간 더욱 울분이 솟구쳤다.

그도 그럴 것이, 그녀들의 모습은 평소와 별반 다를 게 없었다. 그녀들은 배를 타고 편안하게 산동성으로 넘어올 수 있었고, 다시 마차를 타고 편하게 대명호로 들어왔다. 풍운산장의 모든 병력이 뇌강만을 쫓고 있어서 가능한 일이었다.

하지만 모든 여정이 순탄했던 것만은 아니었다.

평소 앙숙이나 다름없던 그녀들이 지난 며칠 동안 계속 붙어 다녔으니 그 결과는 굳이 보지 않아도 충분히 짐작할 수 있었다.

그녀들은 사사건건 충돌했다.

간단하게는 밥을 먹는 것부터 시작해 무림맹으로 가는 길목을 정하는 것까지.

아무것도 아닌 일에 자존심을 세우고 첨예하게 대립하기 일쑤였다.

영영은 한두 번 보는 일이 아니어서 먼 산 보듯 했지만 마효는 아니었다. 그는 처음엔 아무것도 모르고 화은설을 편들어주었다가 제갈사란에게 날벼락을 맞은 이후로 어지간하면 그녀들 사이에 끼어들지 않았다.

"기무결 그 잡놈은 어디 있습니까?"

그리고 보니 기무결의 모습이 보이지 않았다.

문득 화은설의 얼굴이 침울하게 가라앉았다.

"우리를 구하려고 철산호를 따라 풍운산장에 갔어요."

"설마 그 잡놈이 뭔가 또 술수를 부린 건 아니구요?"

기무결의 세 치 혀에 속에 이 모양 이 꼴이 되었으니 이번에도 뭔가 속임수가 있을 것 같았다.

화은설이 발끈했다.

"뭐라고요? 지금 말 다 했어요?"

그녀는 요즘 기무결이 걱정되어서 제대로 잠도 못 자고 있다.

"으으, 내가 그 잡놈 때문에 얼마나 고생한 줄 압니까?"

"흥! 죽지 않고 돌아왔으면 됐지 뭐가 더 필요해요?"

뇌강은 어이가 없는 나머지 벌린 입을 다물지 못했다.

자신이 죽었다면 덩실덩실 춤이라도 출 기세였다.

그는 제갈사란을 쳐다보며 간절한 눈빛을 보냈다. 화은설의 상극은 제갈사란밖에 없었고, 그녀라면 자신을 도와줄 것 같았다.

하지만 제갈사란도 그의 눈빛을 외면했다.

"이번에는 뇌 장로가 좀 심했어요. 그래도 우릴 위해 기꺼이 사지로 들어간 사람에게 술수라니요. 정말 실망이에요."

뇌강은 졸지에 옹졸한 인간으로 전락하고 말았다.

죽을 고생을 한 사람이 누군데.

그는 사람들을 살리려고 몇 번이나 지옥을 갔다 왔지만 정작 원망이란 원망은 모두 들어야만 했다.

四

제갈무외와 정천칠룡은 며칠에 걸쳐 풍운산장의 병력을 따라 북서쪽으로 올라갔다.

그사이에 무림맹의 수하들이 합류하기 시작했고, 며칠이 지난 뒤에는 수백 명의 병력으로 변해 있었다.

이 정도 병력이면 풍운산장과 충분히 전쟁을 치를 수 있는 수준이었다.

풍운산장도 뒤늦게 제갈무외가 대규모 병력을 이끌고 자신들의 뒤를 쫓고 있다는 소식을 듣고 마냥 뇌강을 쫓을 수만은 없게 되었다.

이제 조금만 더 추격하면 뇌강을 잡기 일보 직전에 벌어진 일이었다.

그들은 어쩔 수 없이 뇌강을 포기하고 한쪽에 진을 치고 제갈무외를 맞이할 준비를 했다.

하지만 그때 산동성에 있는 지부에서 연락이 왔다. 화은설과 제갈사란이 배를 타고 산동으로 건너왔다고 알려온 것이다.

제갈무외는 망설임 없이 병력을 돌려 대명호로 향했다.

그렇게 일촉즉발의 사태는 해결되긴 했지만, 철패강과 철위강 형제는 수중에 다 잡은 뇌강만 놓치고 만 꼴이다.

"란아!"

"아빠!"

두 부녀가 감격적인 해후를 맞았다.

제갈무외는 무엇보다 제갈사란이 다친 곳 없이 무사하다는 것에 안도의 한숨을 내쉬었다.

하지만 마냥 좋기만 한 것은 아니었다.

이번에도 화은설은 머리카락 하나 다치지 않고 멀쩡했기 때문이다.

아니, 그냥 멀쩡한 것이 아니었다.

그녀는 커다란 공을 세웠고, 없어질 위기에 처해 있던 산해관 지부를 단숨에 흑자로 돌려놓은 것이다.

화은설은 이번 시험에서 최고의 성적을 예약했고, 월반은 이제 따놓은 당상이었다.

'으음. 억세게 운이 좋은 계집이군.'

이번에는 틀림없이 풍운산장의 손을 빌려 죽일 수 있을 줄 알았건만, 오히려 공을 세우고 월반까지 하는 상황이라니.

정상적으로는 도저히 이해하기 어려운 상황이다.

"정말 마부가 구해주었단 말이냐?"

"혼천만겁구절진을 뚫고 철패강을 인질로 삼는 모습을 두 눈으로 똑똑히 본 걸요."

제갈사란은 당시 일을 떠올리며 살짝 몸을 떨었다.

지금 생각해도 혼천만겁구절진이 산해관 지부를 에워싸던 모습은 공포 그 자체였다.

"혼천만겁구절진을 뚫어?"

제갈무외는 기가 막힐 지경이다.

이건 제갈무외 자신도 불가능한 일이다.

"그럼 사대호법과 십대장로는 옆에서 무얼 하고 있었단 말 이냐?"

"그들도 방심한 모양이에요. 그들이 손을 쓰려고 했을 때 는 이미 철패강은 그 마부의 손에 인질이 되고 난 뒤였어요."

"허! 그가 정말 마부란 말이냐?"

"저도 뭔가 석연치 않은 구석이 있다고 생각하고 있지만, 그렇다고 화은설이 금방 들통 날 거짓말을 했을 리는 없어 요."

그것도 그랬다.

기무결이 전용 마부인지 아닌지는 무림맹에 들어가서 알아보면 금방 알 수 있는 일이었다.

"혹시 그자가 사용한 무공이 무엇인지 알아보았느냐?"

"그게, 화씨세가의 박투술이었어요."

제갈사란은 천무은형잠종대법은 알아보지 못했다. 그리고 기무결이 풍형을 펼친 건 딱 한 번이었지만, 나머지 풍운산장의 수하들과 싸울 때는 모두 화씨세가의 박투술을 펼쳤다. 그러니 제갈사란의 눈엔 모든 게 다 화씨세가의 무공으로 보인 것도 그리 이상한 일은 아니었다.

"뭐라?"

제갈무외가 눈살을 찌푸렸다.

왠지 점점 미궁 속으로 빠져드는 기분이었다.

그는 기무결이 혼천만겁구절진을 뚫었다는 말을 들었을 때만 해도 분명 다른 문파의 고수가 자존심도 버려가면서 화은설의 전용 마부 노릇을 하는지도 모른다고 생각했다.

간혹 후기지수 중에서 화은설의 미모에 반해 바보처럼 그녀의 주변에 얼쩡대는 자들이 있었다. 심지어는 화씨세가의 제자로 받아달라는 황당한 말을 하는 자도 있었다.

세상천지에 몰락한 화씨세가의 제자가 되고 싶어 하는 자는 아무도 없었다.

당연히 그자들의 속셈은 뻔하다. 화은설의 주변에 머물면서 그녀를 어찌해 볼 심산인 것이다.

하지만 화씨세가의 무공이라면 얘기가 또 달라진다.

그 어떤 세가도 외인에게 독문 무공을 전수하지 않는다. 그렇다면 최소한 제자이거나 화씨세가의 피를 이어받은 사람이라는 소린데, 둘 다 말에 어폐가 있다.

화은설조차도 세가의 무공을 온전히 전수받지 못한 상태였다. 하물며 그녀의 능력으로 혼천만겁구절진을 뚫는 건 가당치도 않은 일이었다.

물론 화씨세가에 남은 사람이라고는 화은설 한 명밖에 없다는 것을 누구보다 제갈무외가 더 잘 알고 있었다.

"그 마부라는 자가 철산호를 따라 풍운산장에 갔다고 했느냐?"

"우리를 구하기 위해 철산호와 거래를 한 거예요."

"으음. 정말 모를 일이군."

변수가 등장한 것은 확실했다.

왜 이렇게 계속 일이 꼬여만 가는지 모르겠다.

화씨세가의 이름을 진작 지웠어야 하는데 찰거머리처럼 끈질기게 버티며 생존하고 있었다. 이번에야말로 풍운산장의 힘을 빌려서 드디어 지워 버릴 수 있겠다고 생각했는데, 의외의 변수가 나타나는 바람에 또다시 일이 틀어지고 만 것이다.

'허헛! 설마 자네가 하늘에서 도와주고 있는 건가?'

제갈무외는 문득 화진악을 떠올렸다.

죽은 공명이 산 중달을 이겼다는 고사가 있지만, 그건 어디까지나 옛날이야기일 뿐이다.

그는 미신 따위는 믿지 않았다.

하지만 지금 상황을 보면 마냥 외면할 일도 아니었다.

화은설을 죽이려고 밖으로 내보낸 것이 오히려 화은설이 인신매매단을 괴멸시키고 또 동영 인자들의 거점도 붕괴시키게 했다. 이후 사람들 사이에서 화씨세가의 이름이 조금씩 거론되고 있다.

더구나 이번엔 풍운산장의 힘을 빌려 화은설을 죽이려고 했는데, 오히려 화은설은 산해관 지부를 살리고 혼천만겹구절진까지 뚫고 탈출하는 데 성공했다. 우연이 반복되면 필연이 되듯 불가사의한 일이 연이어 벌어지자 정말 억울하게 죽은 화진악의 원혼이 화은설을 도와주고 있는 것 같은 생각마저 들었다.

그렇다고 해도 여기서 포기할 제갈무외가 아니었다.

'정말 유감일세. 어찌 죽어서도 우리 계획을 방해한단 말인가?'


한편 뇌강은 궁지에 몰려 있었다.

그는 정천칠룡에게 둘러싸여 질문 공세를 받고 있었다.

"뇌 장로가 여긴 어쩐 일이오?"

"그리고 그 몰골은 또 뭐고?"

"어디 전쟁이라도 났소?"

"어이구, 돌겠네!"

그놈의 전쟁 타령은.

그렇다고 어디 가서 속 시원히 하소연할 곳도 없다.

이게 모두 기무결 때문이라는 생각을 하면 자다가도 이가 갈렸다.

'그나저나 그 잡놈이 철산호 손에 뒈지면 보물지도는? 그리고 무공 비급은?'

지금 정천칠룡에게 둘러싸여 심문 아닌 심문을 받는 게 중요한 게 아니었다.

자칫하면 고생은 고생대로 하고 보물지도는 엉뚱하게 철산호 수중에 들어갈 수도 있었다.

"으아악! 안 돼!"

뇌강은 뒤늦게 사태를 깨닫고 절규하고 말았다.

五

관과 무림은 서로의 영역을 침범하지 않는 것이 불문율이었다.

하지만 서로의 운명이 맞물려 생사를 함께할 때도 많았다. 송나라가 무너지고 원나라가 들어섰을 때 중원무림은 파멸 위기에 놓였다.

그리고 원나라를 몰아내고 명나라가 들어설 때는 무림의 도움이 결정적이었다. 무림의 도움이 없었다면 명나라는 탄생하지 못했을지도 모른다.

아무튼 이런 이유로 역대 황실은 무림의 힘을 무서워하고 경계했다.

무림이 개입하면 한 나라의 흥망성쇠를 결정하고도 남기 때문이다.

그래서 더 관과 무림이 서로의 영역을 침범하지 않고 지내오는 것인지도 몰랐다.

동창의 제독은 일호의 시신이 하류에서 발견된 이후로 오랫동안 고심해야 했다. 이젠 더 이상 동창의 힘으로는 황실에 드리워진 어두운 세력을 알아낼 방법이 없었다.

암거래 시장과 황실을 전복하려는 세력이 결탁한 것은 틀림없어 보이는데, 그걸 입증할 만한 증거가 아무것도 없다는 것이 문제였다.

상황이 점점 심각하게 변해가고 있었다.

동창에서는 몇 년 동안 조사를 벌였지만 적의 세력이 무엇인지 알아낸 것이 아무것도 없었다. 그야말로 무능의 극치라 할 수도 있겠지만, 뒤집어서 말하면 그만큼 적의 능력이 대단하다고 할 수 있었다.

제독은 오랫동안 고민을 거듭하다 결단을 하기에 이르렀다.

그는 은밀하게 소림사를 찾아가 도움을 청했다. 동창에서 먼저 무림에 손을 내민 건 처음 있는 일이었다.

원래는 무림맹을 찾아가야 정상이지만, 무림맹은 예전부터 감찰총국과 가까웠다.

"아미타불! 그러니까 제독께선 지금 소림사에게 황실을 전복하려는 세력을 알아내 달라는 말입니까?"

의외의 부탁에 각료 대사는 두 눈을 지그시 감았다.

사실 동창의 제독이 소림사를 찾아온 것부터가 흔치 않은 일이었다.

"장문인께서 놀라는 것도 당연한 일이오. 하지만 놈들이 암거래 시장과 결탁했으니 결코 무림과 관련이 없는 것이 아니요."

"무림에 그런 세력이 있다는 말은 들어본 적이 없습니다."

"아니, 분명히 있소. 이미 동창의 최고 요원들이 암거래 시장에 침투했다가 번번이 죽어 나왔기 때문이오."

"그, 그럴 리가……."

동창이 최근 감찰총국에 밀리고 있다고 해도 썩어도 준치였다. 아무리 암거래 시장이 위험한 곳이라 해도 동창의 요원을 죽일 정도로 무서운 곳은 아니었다.

각료 대사는 당금 상황이 생각보다 심상치 않다는 것을 깨달았다.

만약 황실이 무너지면 그다음 차례는 분명 무림이 될 것이 뻔하기 때문이다.

"제독께선 우리가 어찌해 주었으면 하는 겁니까?"

"소림사와 구파일방이 암거래 시장을 조사해 주었으면 하오. 그리고 황실을 전복하려는 세력이 과연 어떤 자들인지 알아내면 더 좋고."

"으음. 혹시 이것이 무림을, 아니, 구파일방을 제거하려는 황실의 술수는 아니겠지요?"

언제나 황실을 도운 무림 세력은 나중에 토사구팽을 당해 왔다.

"동창의 명예를 걸고 대답하라면 절대 아니오. 만약 장문인께서 확실한 대답을 원하신다면 내 각서라도 써드리리다."

제독의 얼굴에 절박한 표정이 떠올랐다.

동창이 먼저 무림에 손을 내민 것 자체만으로도 제독은 충분히 자괴감이 일고 있었다.

그래도 황실을 전복하려는 자들의 능력이 대단한 만큼 자존심을 접어서라도 승부수를 던진 것이다. 그리고 각료 대사가 제독의 제안을 받아들이면서 유래 없는 동창과 무림이 손을 잡는 역사가 벌어졌다.

第四章

새로운 경지

一

　기무결은 철예군과 함께 본격적으로 위조 전쟁을 시작했다. 가짜 상단과 가짜 직원들, 그리고 거래 내역들까지. 모든 것은 기무결의 지시하에 이뤄졌지만, 철예군의 도움도 결코 작지 않았다.

　관련 서류가 너무나 방대한 탓이다.

　기무결이 아무리 위조의 대가라 해도 혼자서 그 많은 양의 서류를 위조하려면 한 달이 걸려도 힘들었다.

　철예군은 유능한 조수였다. 필요한 것이 있으면 기무결이 부탁하기도 전에 가져다주었고, 부족한 것이 있으면 자신이 알아서 척척 처리해 주었다. 이번 일은 무조건 속전속결이 생명이다. 철예군은 연구를 중단하면서까지 기무결을 적극 도 왔다.

며칠 되지도 않아서 방대한 양의 서류를 모두 만들었다. 그렇게 가짜 상단을 만들어 함정을 파놓고 또다시 며칠이 지났을까?

시간이 지나도 누구도 계좌를 확인하러 오지 않았다.

어쩌면 초조해질 수도 있는 상황이지만 그래도 기무결은 포기하지 않고 차분히 기다렸다.

이건 시간과의 싸움이었다.

인내하지 않고 먼저 포기하는 쪽이 질 수밖에 없는 싸움인 것이다.

그렇게 하염없이 기다리고 또 기다리고 있을 때였다.

문득 누군가 차명계좌에 접근했다는 소식이 전해왔다.

"드디어 걸렸구나!"

오랫동안 기다린 보람이 있었다.

결국 최종 승리는 기무결의 차지였다.


철산호는 최근 중독이 심해져서 두문불출하고 있었다. 최대한 공력의 소모를 줄이고 녹혈무형고와 싸우려는 심산이었다.

하지만 기무결이 간세를 찾아냈다는 말에 자리를 박차고 나왔다.

"정말 대단하네! 정말 대단해!"

기대한 것 이상이었다.

기무결을 믿고 일을 맡기긴 했지만, 사실 자신이 생각해도 터무니없는 일이었다. 아무 단서도 없는 상황에서 간세들을 찾아낸다는 것은 몇 번을 생각해도 불가능한 일이었다.

그래도 풍운산장을 기무결과 철예군에게 맡기면 그나마 죽어서도 눈을 감을 수 있을 것 같았다.

철예군은 몸은 약하지만 심기가 뛰어나고, 기무결은 천무은형잠종대법을 익혔고 범죄 수법에도 조예가 깊어서 간세들에 잠식당한 풍운산장일지라도 잘 견뎌 나가리라 생각했다.

한데 기무결이 그야말로 그 터무니없는 일을 해낼 줄 누가 알았겠는가? 그것도 풍운산장에 온 지 얼마 되지 않은 상황이다.

"바로 저기 저자입니다."

기무결이 손가락으로 삼십 대 청년을 가리켰다.

"이름은 팽륜. 무기를 만드는 철기장의 직원이더군요."

풍운산장은 자체적으로 무기를 만드는 대장간을 가지고 있었다. 아무튼 팽륜이란 자가 차명계좌에 들어온 돈을 확인한 인물이었다.

"팽륜이라……."

철산호가 눈살을 찌푸렸다.

그가 알아보지 못하는 것도 무리는 아니었다. 팽륜은 풍운산장에서 그리 중요한 위치에 있는 자가 아니었다. 그는 잡일을 하는 쪽에 가까웠고 그나마도 들어온 지 몇 년 되지 않아 기억하는 것이 더 이상한 일이었다.

풍운산장 안에 있다고 다 풍운산장의 수하는 아니다.

대개 무공을 익힌 사람들에 한해 수하라는 표현을 쓰고, 잡일이나 행정을 담당하는 자들은 그냥 일꾼이라고 부른다.

기무결이 팽륜의 정체를 알아낸 것은 며칠 전의 일이었다.

하나 그는 바로 철산호에게 보고하지 않고 팽륜을 가만히 지켜보았다. 감자를 캐려면 줄기가 다치지 않아야 줄줄이 엮어서 캘 수 있는 법. 기무결은 팽륜이 다른 간세들과 접촉할 때까지 기다렸다.

그의 생각은 적중했다. 팽륜은 다른 간세들과 만나지는 않았지만, 표식을 통해 연락을 취하고 있었다.

기무결은 그 표식을 추적한 끝에 몇 명의 간세 정체를 더 밝혀낼 수 있었다.

그들도 풍운산장 내에서는 그리 중요한 위치에 있는 사람이 아니었다. 시녀도 있었고 하인도 있었으며 본장에서 일하는 직원도 있었다. 그리 주목하고 주의 깊게 살펴볼 만한 사람들이 아니었다. 그러면서도 하나같이 용이하게 철산호 주변에 접근할 수 있는 신분이었다.

팽륜은 누군가 자신을 지켜보고 있다는 사실은 꿈에도 모른 채 나무 밑에 표식을 남겨두고 있었다.

기무결이 턱짓으로 팽륜을 가리켰다.

"지금 팽륜은 표식을 남기고 있는 겁니다."

"표식?"

"그런 식으로 연락을 취하고 있더군요. 표식을 남기는 장소가 몇 군데 더 있습니다. 그리고 누군가 표식을 남기면 다른 사람들이 지나가다 한 번씩 살펴보는 방식이구요."

며칠 동안 기무결은 많은 것을 알아냈다.

하지만 그는 행동에 제약이 뒤따랐다. 팽륜이 본점에 잠입한 간세를 시켜 자신의 뒷조사를 하고 있다는 것을 알고 있기 때문이었다.

"치밀하군. 그렇다면 서로의 얼굴을 모르고 있단 말인가?"

"아마도."

기무결은 확신할 수는 없었지만 점조직의 특성상 충분히 그럴 가능성이 높았다.

"풍운산장에 있는 간세는 모두 찾아냈습니다."

기무결이 철산호에게 명단을 건네주었다.

본점에서 일하는 사람부터 주방에서 일하는 일꾼과 시녀, 하인, 그리고 풍운산장의 행정을 담당하는 곳까지 간세는 곳곳에 침투해 있었는데 모두 열두 명이었다.

"이걸 왜 나에게 주는가?"

"간세도 찾아냈으니 소생의 역할은 대충 끝난 것 같군요."

"자네 지금 거짓말을 하는군."

"예?"

"정말 간세를 모두 찾아냈다고 단언할 수 있는가?"

"풍운산장 내에 남아 있는 간세는 모두 찾았습니다."

"그 말은 곧 밖에 나가 있는 병력에도 간세들이 있을 수 있다는 소리로군."

"끙!"

기무결은 할 말을 잃고 말았다.

확실히 그는 일을 축소해서 풍운산장을 빨리 떠나려고 했다. 물론 철산호에게 다시는 자신의 비밀을 언급하지 않겠다는 확답을 들어야만 떠나도 떠날 수 있었다.

"애초에 본장주의 요구 조건은 풍운산장에 침투한 간세 모두를 찾아달라는 것이었네. 더구나 아직 자네는 군아와 한 번밖에 만나지 않은 걸로 알고 있는데?"

"저, 정말 아무 연고도 없는 소생에게 풍운산장을 물려줄 생각은 아니시죠?"

"쯧쯧, 그건 이미 몇 번을 얘기한 것 같은데. 더구나 간세를 이토록 신속하게 찾은 자네의 능력을 보았으니 더더욱 탐이 나는구만."

"으으."

기무결의 얼굴이 심하게 일그러졌다.

정말 찰거머리가 따로 없었다.

전생에 자신과 무슨 원한이 있기에 이토록 사사건건 앞길을 막는 건지 생각할수록 분통이 터져 미칠 지경이었다.

"소생은 간세들만 찾아내고 떠날 겁니다. 그게 싫으면 그냥 소생에게 천무은형잠종대법이 있다고 천하에 까발리십시오."

"허허! 제법 세게 나오는군. 하지만 난 자네를 데릴사위로 삼을 것이네."

"그럼 소생도 더 이상 도와드리지 못하겠군요. 무사들 안에 숨어 있는 간세들은 장주께서 직접 찾으십시오."

기무결도 배짱으로 나왔다.

잡일을 하는 자들도 풍운산장 깊숙이 침투했으니 무사들 쪽은 두말할 나위가 없을 터이다.

문제는 그들의 정체를 어떻게 알아내느냐 하는 것이다.

"흐음, 자네 정말 모든 간세를 찾아낼 자신이 있는 건가?"

"그야 지켜보시면 알 일이지요."

철산호는 잠시 고민하다 크게 결단을 내리듯 고개를 끄덕였다.

"좋아, 더 이상 자네에게 강요하지 않겠네."

"물론 소생의 비밀도 지켜주셔야 합니다."

"그야 여부가 있겠나? 하지만 약속은 약속이니 군아와 만나는 것은 지켜줘야겠네."

"끙! 좋습니다."

이것까지 거절할 명분은 없었다.

그래도 기무결은 이것만으로도 천하를 얻은 기분이었다.

二

"어디 갔다가 이제 오는가?"

기무결이 재무부에 들어서는 순간 채일룡이 다가오며 물었다.

그는 오전 내내 철산호를 만나 보고를 하고 담판을 짓는다고 자리를 비워둔 탓이었다.

"내가 자리를 비우면 안 되는 건가?"

기무결이 살짝 눈살을 찌푸렸다.

그는 재무부를 완벽하게 장악했고, 이제는 모든 사람에게 말까지 편하게 하고 있었다.

깡패도 이런 깡패가 없었다.

뭐든 자기 마음대로이고 자기 편한 대로 했다.

하지만 직급이 깡패라는 말도 있지 않던가?

부주마저 눈치를 보는 마당에 일개 조장인 그가 딱히 방법이 있는 건 아니었다.

채일룡이 황급히 두 팔을 내저으며 말했다.

"그, 그럴 리가 있는가? 자네가 없어서 아직 회의를 못하고 있어서 말이네."

원래 회의는 오전에 하는데, 너 나 할 것 없이 기무결의 눈치를 보느라고 오후가 되었는데도 못하고 있었다. 상황이 이러면 원래 조금이라도 미안한 표정을 지어야 하는데 기무결은 되레 큰 소리였다.

"아아! 급한 일이 아니면 오늘 회의는 내일로 미루었으면 좋겠군."

"하지만 오늘 반드시……."

"회의를 할 기분이 아니라서 그렇대도."

"끙! 자네가 그러자면 그래야지."

채일룡은 목구멍을 타고 넘어오려던 신음을 가까스로 삼켰다.

다음 달부터 감사가 시작되기 때문에 재무부는 회의도 해야 하고 일정도 논의해야 한다.

그렇게 한창 눈코 뜰 새 없이 바쁠 시기이건만 기무결 때문에 번번이 일이 틀어지고 말았다. 한번 일정이 늦춰지면 도대체 며칠 밤을 새워야 틀어진 일을 바로잡을 수 있을지 생각만 해도 끔찍한 일이었다.

기무결이 채일룡을 쳐다보며 물었다.

"자네 표정이 왜 그런가? 뭔가 불만이 있어 보이는데."

"부, 불만이라니, 그저 우리가 며칠 더 고생하면 되는 일이네."

채일룡이 기겁했다.

사실대로 말했다가는 어떤 불이익이 떨어질지 모를 일이

었다.

"자넨 가서 관리부의 냉평을 데려오게."

"관리부는 우리 부서와는 딱히 관련이 없는데……."

"허헛! 데려오라면 데려올 것이지 뭔 군말이 그리 많나?"

"아, 알겠네."

채일룡이 진땀을 흘리며 밖으로 빠져나갔다.

입사한 지 얼마 되지 않은 신입이 이젠 재무부도 부족해서 본점의 모든 부서를 좌지우지하려 들고 있었다.

이래서 억울하면 출세하라는 말이 있는가 보다.

뭐든 자기 마음대로 할 수 있고 자기 편할 대로 행동해도 누구 하나 뭐라고 하는 사람이 없으니 말이다.


냉평은 관리부의 조장으로 한창 창고를 정리하는 중이었다.

그는 꽤나 불쾌한 표정을 짓고 있었다. 아무리 기무결이 장주의 사윗감이라도 그렇지 재무부의 부주라도 자신을 오라가라 명령할 수는 없었다. 하물며 이제 갓 신입이 너무 건방져 보였다. 볼일이 있으면 기무결이 창고로 찾아와야 한다.

하나 채일룡과는 입사 동기이고 하도 사정을 하는 통에 어쩔 수 없이 기무결에게 온 것이다.

"나에게 무슨 볼일이 있나?"

"자네와 조용히 할 말이 있으니까 가서 문 좀 닫고 오게."

그러고 보니 창문도 닫혀 있고 집무실엔 휘장이 쳐져 있어서 밖에서 이곳을 볼 수 없게 되어 있었다.

냉펑은 문득 속으로 의심이 들었다.

왠지 자신의 정체를 알고 있는 것 같았다.

그가 바로 본점에 침투한 간세였고, 최근에는 팽륜의 명에 따라 기무결을 감시하고 있었다.

하지만 그럴 리 없었다. 자신이 본점 안에 침투한 간세라는 사실은 같은 편 사람들도 모르는 일이었다.

쾅!

그가 문을 닫고 기무결에게 돌아왔다.

"자, 이제 무슨 일인지 말해보시지."

냉펑이 거만한 표정으로 팔짱을 끼고 기무결을 쳐다보았다.

"잠시 앉아서 쉬게."

"뭐라고?"

"요즘 내 뒷조사를 한다고 고생이 많지 않나?"

"억?"

냉펑이 소스라치게 놀라 자신도 모르게 비명을 터뜨렸다.

"후후! 그리 놀랄 거 없네. 자네를 부른 건 모든 간세를 찾았다는 뜻이니까."

"으으, 그런 말도 안 되는……."

어이가 없어서 내뱉어선 안 되는 말이 나오고 말았다.

자신이 분명 밤낮으로 감시를 하고 있었는데, 오히려 언제 자신들이 감시를 당했단 말인가?

하나 기무결이 자신의 비밀을 어떻게 알았는지는 중요하지 않았다.

이미 신분이 노출된 이상 도망을 치든가, 아니면 증거를 은폐하든가 둘 중 하나였다.

냉평은 은폐하는 쪽으로 결정을 내렸다.

"네놈은 너무 경솔했다."

냉평이 호랑이 형상으로 손가락을 날카롭게 곧추세우고 기무결의 목을 움켜잡으려 했다.

순간 그의 손가락이 단단하게 변하고 공기의 파동이 세차게 흔들렸다. 어느새 냉평의 손바닥에 한 자 정도의 기막이 펼쳐져 있었다.

이는 호풍십삼조라는 조법으로 가히 바위를 부수고 철판을 으스러뜨릴 만한 기개가 담겨 있는 조법이었다.

"대단한 조법이군."

손가락에 살짝 스치기만 해도 온몸의 뼈가 무사하지 못할 것 같았다.

의외의 일이었다.

무공을 익혔을 거란 건 어느 정도 예상한 일이지만 일개 관리부 조장의 무공이라고는 믿기 어려울 정도였다.

하지만 기무결은 피하지 않았다.

오히려 그는 앉은 자리에서 두 팔을 좌우로 교차했다.

왼손은 뒤집어 손바닥이 위로 올라오게 만들었다. 그리고는 둥글게 모아 냉평의 팔을 잡아갔고, 오른손은 칼처럼 쫙 펴고 호풍십삼조의 기막을 곧장 찔러갔다.

"흥, 죽고 싶어 환장을 했구나!"

냉평이 차갑게 코웃음 쳤다.

호풍십삼조는 소림사의 응조수에 비견될 정도로 그 위력이 막강했다. 누구도 앉아서 호풍십삼조를 상대하긴 어려웠다.

쾅!

집무실에 폭음이 터졌다.

두 개의 진기가 집무실을 휩쓸고 지나갔다. 책장이 엎어지고 책상이 산산조각 났다.

"으으……."

냉평의 입에서 신음이 흘러나왔다.

그의 가슴에 기무결의 손이 검처럼 깊숙이 박혀 있다.

냉평은 믿을 수 없었다.

기무결은 왼손과 오른손으로 각기 다른 절기를 펼쳤다.

우선 왼손으로는 금나수를 펼쳐 그의 조법을 막아냈고, 오른손으로는 괴이한 수공으로 기막을 사정없이 찢어발긴 것이다.

"부, 분심쌍격!"

냉평의 신형이 서서히 허물어졌다.

그의 입에서는 검붉은 피가 하염없이 쏟아져 나온다.

위력이 강해도 너무도 강했다.

기무결은 단순히 분심쌍격만 펼친 것이 아니라 왼손의 금나수는 화씨세가의 절기였고, 오른손의 수공은 천무은형잠종대법의 살인 기예를 수공으로 바꾸었던 것이다.

이길 수 있을 리 없었다. 그는 두 명의 기무결과 상대한 셈이었다.

만약 기무결이 분심쌍격을 익혔다는 것을 알았다면 지금처럼 은폐하는 쪽을 선택하지는 않았을 것이었다.

기무결도 자신이 펼치고도 놀라움을 금치 못했다.

냉평의 움직임이 상당히 빨랐는데도 이상하게 모든 움직임이 선명하게 보였다.

그리고 오른손의 수공은 천무은형잠종대법의 두 번째 단계의 초식을 사용한 것인데, 그게 전혀 막힘이 없었다.

드디어 천무은형잠종대법의 이 단계에 올라선 것이다.

분심쌍격의 위력은 실로 대단했다. 수련을 시작한 지 불과 십여 일 만에 공력이 증폭이 되어 이 단계로 들어서는 기적이 일어난 것이다. 천무은형잠종대법의 이 단계는 그야말로 새로운 세상과도 같았다.

三

냉평을 시작으로 기무결은 풍운산장 내에 숨어 있는 간세들을 한 명씩 제거해 나갔다.

간세들은 자신의 동료들이 한 명씩 죽어가는 것도 몰랐다. 점조직은 비밀을 유지하는 데는 좋을지 몰라도 위급 상황에서는 정보 공유가 전혀 이루어지지 않는다는 단점이 있었다.

그야말로 속전속결이었다.

기무결은 더 이상 그들을 지켜볼 이유가 없었다. 오히려 시간이 지체되면 차명계좌로 들어온 만 냥이 미끼라는 것을 들키게 될 것이고, 자신의 계획이 물거품으로 변할 게 뻔했다.

하지만 이미 만반의 준비를 끝낸 상태였다.

먼저 기무결이 차명계좌로 보낸 만 냥을 꾸준히 감시했다.

팽륜이 며칠 동안 조사를 하다 아무 이상이 없는 것으로 판단을 내렸고, 예전처럼 다른 계좌로 보냈다.

겉으로 보기에는 아무 이상이 없는 게 맞았다.

기무결은 그들이 사용한 수법 그대로 몇 가지 장벽을 만들어 돈을 보냈으니까.

하나 결코 오래갈 건 아니었다.

기무결이 그전에 간세들을 제거한 것이다.

차명계좌에 관한 일은 냉평이 맡고 있었다. 장벽을 치고 다른 사람들이 추적하기 어렵게 만드는 작업 역시 냉평의 손을 거쳤다. 때문에 기무결은 가장 먼저 냉평을 제거한 것이다.

그리고 기무결은 채일룡을 시켜 돈을 어디로 보냈는지 추적했다. 냉평이 장벽을 만들지 못했으니 어렵지 않게 돈의 흔적을 찾아낼 수 있을 것 같았다.

무사들 속에 숨어 있는 간세들을 찾아내는 것도 마찬가지였다.

간세들이 주고받은 표식만 해독할 수 있다면 무사들 속에 숨어 있는 간세들과도 연락을 취할 수 있다.

바로 그거였다.

기무결은 적들이 사용한 방법 그대로 사용할 생각이었다.

그들은 서로의 얼굴을 모르는 상태에서 표식만 주고받으며 연락을 취하고 있지 않던가?

그렇다면 표식을 해독해서 연락할 방법만 알아내면 나머지 간세들을 찾아내는 것도 불가능한 일이 아니었다.

문제는 표식의 내용을 해독하는 것이다.

기무결은 제법 많은 표식을 모아놓은 상태였다.

"이건 본점의 간세인 냉평하고 주고받은 표식이고……."

그는 표식을 대화 상대에 따라 분류했다. 거기에 상황을 더하면 해독하기 쉬울 것 같았다.

냉평하고의 계좌에 대한 이야기는 자신에 대한 정보가 오고 갔을 확률이 높았고, 다른 자들과는 또 그에 맞는 대화가 이루어졌을 테니 말이다.

"이건 시녀하고 연락한 표식이군."

지금 생각해도 교활하기 짝이 없는 계집이었다.

그녀는 철예군의 시중을 들고 있던 시녀였다. 겉으로 보기에는 전혀 무공을 배운 것 같지 않았지만 막상 싸움이 시작되자 그녀의 손에서 깜짝 놀랄 만큼 무서운 검법이 쏟아져 나왔다.

하지만 그녀는 기무결의 적수가 되지 못했다.

기무결은 단 이 초식 만에 그녀의 가슴에 검을 꽂아 넣었다. 그리고 그녀의 품에서 녹혈무형고를 찾아낼 수 있었다.

"그렇다면 이 계집하고는 녹혈무형고나 철 장주의 상태에 대한 대화가 오갔을 가능성이 높겠군."

확실히 냉평하고 주고받은 표식과 비교하면 그림들이 달랐다.

그래서 그는 더 해독을 자신했던 것이다.

하지만 막상 해독을 시작하자 생각보다 복잡하고 난해한 일이라는 것을 깨달을 수 있었다.

사실 기무결은 이런 쪽으로는 배워본 적도 없었고, 어지간한 지식을 가진 사람도 쉽게 접근할 수 없는 것이 표식 해독이었다.

심지어 황실이나 무림맹도 암호를 분석하는 기관을 따로 둘 정도였다.

표식은 엄밀하게 말해서 암호라 할 수 있었다.

대부분 중요한 내용을 전달하기 위해 표식을 사용하는 경우가 많았다.

때문에 표식을 해독하면 상대의 전략과 전술을 알아낼 수 있고, 정보력에서 앞서면 백전백승은 당연한 일이다.

기무결은 표식 해독을 위해 철산호를 찾아갔지만 풍운산 장에서는 따로 암호를 분석하는 기관을 두고 있지 않았다.

대신 그는 철예군을 찾아가라고 했다. 그녀의 능력이라면 틀림없이 암호를 해독할 수 있을 것이라 확신했다.

"후후! 이것도 천생연분인 모양이군. 군아라면 능히 해결해 줄 것이네."

철산호는 은근한 목소리로 속삭였다.

그의 눈빛이 얼마나 음흉한지 기무결은 어이가 없었다.

"용기 있는 자만이 미녀를 얻는 법이네. 자네가 그냥 덮쳐도 뭐라 안 할 테니 마음 가는 대로 하게나."

"컥!"

기무결은 자신의 귀를 의심했다. 들을 때마다 느끼는 것이지만 철산호는 제정신이 아닌 것 같았다. 아무리 그래도 어떻게 자신의 딸을 덮치라고 권할 수 있는지 세상천지에 이런 아버지가 또 있을까 싶다.

철예군의 침실은 여전히 각종 실험으로 난장판이었다.

그녀는 철산호의 해독약을 만들기 위해 뜬눈으로 밤을 새운 날이 벌써 여러 날이다. 눈 밑이 까맣게 변하고 머리카락도 푸석해져 있었지만, 두 눈동자는 여전히 빛나고 있었다. 병약한 몸으로 어찌 이런 것들을 하면서도 버틸 수 있는지 신기하게 생각될 정도였다.

펑!

실험실에서 작은 폭발이 일어났다.

독성이 너무 강한 나머지 용기가 견뎌내지 못하고 폭발을 일으킨 것이다.

철예군은 다행히 멀찍이 떨어져 있어서 다친 곳은 없었지만, 표정엔 실망한 기색이 역력했다. 며칠간의 연구 끝에 겨우 실마리를 찾았다고 생각했는데 다시 원점으로 돌아온 것이다.

그때였다.

똑똑!

가볍게 문을 두드리는 소리와 함께 기무결이 문을 열고 고개를 내밀었다.

"잠시 들어가도 되겠소?"

일전에 한 번 보았지만 여전히 적응이 되지 않는다.

"오늘은 무슨 일로 왔죠? 혹시 야경이라도 구경하러 가자고 청하러 온 건가요?"

"그, 그러면 얼마나 좋겠습니까? 하지만 급한 용무가 있어서 찾아왔습니다."

철예군은 잠시 실망했지만 이내 표정을 고쳤다.

"간세를 찾았다고 들었는데 또 뭐가 문제인가요?"

"산장 내에 있는 자는 모두 찾아냈는데 문제는 밖에 나가 있는 자들입니다."

기무결이 품속에서 한 뭉치의 종이를 꺼냈다.

"지금까지 팽륜이 간세들과 주고받은 표식을 옮겨 적은 겁니다."

"이걸 왜 나한테 주는 거죠?"

"소생이 해독을 하려고 했는데 실패하고 말았습니다. 혹시 철 소저께서는 해독할 수 있겠습니까?"

"으음, 이걸로 나머지 간세들을 찾으려는 것이군요."

기가 막힌 생각이었다.

철예군도 전혀 생각 못한 일이었다.

하지만 그것도 표식을 해독했을 때의 얘기였다.

"며칠만 시간을 주세요."

과연 철예군은 철산호가 장담한 대로 어렵지 않게 승낙했다.

四

기무결이 정리해 놓은 것은 확실히 효과가 있었다. 인물에 따라 대화가 다르고 자신이 맡은 역할에 따라 화제가 달라서 그것들을 염두에 두고 표식을 파고들면 충분히 해독할 수 있는 내용들이었다. 문제는 시간이었다.

철예군은 며칠 말미를 달라고 했지만, 상황이 급박하게 돌아갔다. 다음 날 철패강, 철위강 형제가 병력을 이끌고 풍운산장에 돌아왔다.

어지간한 기무결도 이때만큼은 당황하지 않을 수 없었다.

그들이 최대한 늦게 돌아오게 하기 위해 철산호가 돌아온 것도 연락하지 않았던 것이다.

'어쩌면 간세들이 연락을 한 것일까?'

기무결은 온갖 생각이 들었지만 사실 그런 건 아니었다.

철패강, 철위강 형제는 무림맹과 대치하다 실 끊어진 연처럼 처량한 신세로 돌아올 수밖에 없었던 것이다.

하지만 이유야 어찌 되었든 다급해진 것은 마찬가지였다.

만에 하나 지금 당장 병력 안에 숨어 있는 간세들이 팽륜에게 연락을 취하면 모든 사실이 들통 날 것이기 때문이었다.

"일단 아쉬운 대로 이것만이라도 그려보세요."

"이게 뭡니까?"

"지금까지 알아낸 표식이에요."

철예군이 내민 종이에는 몇 개의 그림이 그려져 있었다.

그리고 그 밑에는 그녀가 쓴 해석이 있다.

─긴급 상황 발생. 즉시 연락 요망.

정말 몇 글자 되지 않았다.

하지만 결코 나쁘지 않았다. 더구나 기무결은 며칠을 끙끙 앓아도 해독하지 못한 걸 철예군은 겨우 하루 만에 알아낸 것이다. 놀랍다 못해 절로 탄성이 터져 나올 지경이었다.

'천재라고 하더니 정말이로군.'

그는 즉시 담벼락과 나무 등 그동안 표식이 그려진 장소를 살펴보았지만, 다행히 아직까지 표식이 그려지지는 않았다.

'휴! 다행이다.'

기무결은 담벼락 밑에 표식을 남겼다.

먼저 선공을 날렸으니 이제는 기다리는 일만 남은 셈이었다.


"드디어 알아냈네."

채일룡의 얼굴이 잔뜩 들떠 있었다.

그럴 수밖에 없었다. 기무결이 부탁한 일을 한 치의 실수도 없이 해결했기 때문이었다.

"이번에도 역시 무림맹과 황실로 들어갔네. 거기에 더해 묵룡원이라는 곳이 한 군데 더 있었네."

채일룡이 내민 서류에는 좀 더 구체적인 내용이 담겨 있었다. 차명계좌 주인의 이름이 선명하게 남아 있었다.

"묵룡원이 어딘지 몰라 알아봤더니 암거래 시장에서 거래되는 차명계좌였네."

"그렇다면?"

기무결이 크게 눈을 치떴다.

혈마교가 암거래 시장과 관련이 있다는 소리였다.

암거래 시장은 천하 곳곳에 퍼져 있고 종류도 다양했다. 지금 이 암거래 시장은 일전에 동영의 인자들이 위장하던 것과는 전혀 다르다고 할 수 있었다.

뭔가 계속 중구난방처럼 무질서하게 흘러가는 것처럼 보이지만, 왠지 묘한 법칙 같은 것이 느껴지기도 했다.

만약 화은설을 공격했던 자들이 혈마교와 관련이 있다면 더더욱 그랬다.

그들은 중개인을 통해 동영의 인자라는 살수를 고용했고, 중개인은 암거래 시장과 함께 실체는 있는데 형체는 찾을 수 없는 존재로 악명을 떨치고 있었다.

"무림맹과 황실로 흘러간 차명계좌의 주인이 누구인지 알아낼 수 있는가?"

"내가 누군가? 지금 조사하고 있으니 조만간 알아낼 수 있을 것이네."

"좋아, 그렇다면 일단 묵룡원부터 조사해 봐야겠군."

이건 단순히 풍운산장의 일만이 아니었다.

화은설을 죽이려는 자들이 과연 누구인지 이제 실체를 확인하기 일보 직전이었다.

죽 쒀서 개 준다는 속담이 있다.

지금 철패강, 철위강 형제가 그랬다.

그들은 비록 배다른 형제이긴 해도 같은 핏줄을 타고난 사이였다.

하지만 풍운산장의 차기 장주를 차지하기 위해 끊임없이 암투를 벌였고 전쟁도 불사해 오지 않았던가?

그들을 따르던 가신들 역시 마찬가지다.

사대호법과 십대장로는 서로의 이익에 따라 각기 다른 사람을 돕고 있었다.

그나마 철위강이 먼저 실수를 해서 철패강 쪽으로 기우는가 싶던 차기 장주 자리가 이번엔 철패강이 치명적인 실수를 해서 다시 원점으로 돌아간 상태였다.

이젠 어느 한쪽이 죽기 전에는 영원히 끝날 것 같지 않다.

한데 그들은 풍운산장에 돌아오기 무섭게 폭탄선언을 들어야만 했다.

"쯧쯧, 한심한 놈들! 비리나 저지르고 비열한 암수나 쓰면서 풍운산장의 장주가 될 수 있을 것 같았느냐?"

"아, 아버지! 그, 그건……."

철패강, 철위강 형제는 당황한 나머지 말까지 더듬었다.

천하가 다 알더라도 절대 알아서는 안 될 사람이 딱 한 명 있었다. 바로 철산호였다.

하지만 그가 어떻게 알았는지 그들의 비리를 전부 알아버린 것이다.

"너희는 이제 그만 자리에서 내려오거라."

"아버지, 잘못했습니다. 소자들에게 한 번만 더 기회를 주십시오."

"이미 늦었다. 능력 있는 사람에게 풍운산장의 장주를 넘겨주었느니라."

"마, 말도 안 됩니다!"

"선조들이 피땀 흘려 이룩한 이곳을 어찌 외인에게 줄 수 있단 말입니까?"

"외인이 아니다. 그 아이는 군아와 태중혼약한 사이니라."

"태, 태중혼약!"

철패강, 철위강 형제가 실성한 듯 부르짖었다.

청천벽력이 있다면 바로 지금일 것이다. 호랑이와 사자가 싸우는 사이 애먼 여우가 왕이 된 꼴이었다.

철패강과 철위강, 그리고 사대호법과 십대장로는 사색이 된 얼굴로 한동안 말을 잇지 못했다.

第五章
풍운산장의 철부지들

一

"군아가 태중혼약을 한 걸 우린 왜 지금까지 모르고 있었습니까?"

"그런 줄 알았다면 군아의 배필감을 찾는 일도 없었을 것입니다."

"허헛! 너희가 그렇게 다정한 오라비들이었는지 미처 몰랐구나!"

철패강, 철위강 형제의 얼굴이 빨개졌다.

사실 말이야 바른 말이지 그들은 한 번도 병약한 철예군에게 약을 챙겨주거나 다정하게 말 한마디 건넨 적이 없었다.

하나 그것도 잠시, 그들이 따지듯 철산호에게 물었다.

"그놈이 누굽니까?"

"너희도 아는 사람이다."

"우리가 아는 사람?"

철패강, 철위강은 물론이고 사대호법과 십대장로도 어안이 벙벙한 표정으로 서로의 얼굴을 쳐다보았다. 아무리 기억을 더듬어도 그런 사람이 없었다. 철산호는 친하게 지내는 사람도 없거니와 특별하게 왕래하는 집안도 없다. 그러니 태중혼약을 했다는 말이 황당하게 들리는 것도 무리가 아니었다.

그때였다.

철산호가 문득 철패강을 돌아보며 말했다.

"너는 누구보다 잘 알겠구나."

"소자가 말입니까?"

"너는 혼천만겹구절진을 펼치고도 그 아이에게 납치되지 않았느냐?"

"예에?"

"그, 그럼 군아와 태중혼약을 했다는 사람이 설마……?"

"바로 그 아이다."

쿵!

충격과 경악이 장내를 휩쓸고 지나갔다.

철패강은 자신의 귀를 의심했고, 철위강은 부드득 이를 갈았다.

사대호법과 십대장로는 벌린 입을 다물지 못한 채 멍하니 철산호를 쳐다보고 있다.

뭔가 잘못된 것이 틀림없었다.

그자는 분명 화은설의 전용 마부였다. 한데 철예군과 태중혼약을 한 사이라니 앞뒤가 맞지 않는 일이었다.

그들은 철산호가 제정신으로 보이지 않았다. 노망이 든 게 틀림없었다. 기무결은 풍운산장에게 씻을 수 없는 모욕을 안겨준 자이고, 그런 의미에서 원수나 다를 바 없다. 태중혼약이 아니라 그보다 더한 사이라도 이건 아니었다.

"하필이면 마부 녀석이 뭡니까?"

"풍운산장의 격에 맞지 않는 놈일뿐더러 무림맹의 녀석들과는 말도 섞지 않는 것이 불문율 아닙니까?"

"그 아이는 진짜 무림맹 소속이 아니다. 모종의 임무를 수행하기 위해 무림맹에 잠입했던 것이다. 그리고 마부에게 납치된 너는 뭐란 말이냐?"

철패강의 얼굴이 시뻘겋게 달아올랐다.

무슨 아버지란 사람이 말하는 족족 자식 가슴에 대못을 박아대고 있었다.


"으으, 이건 말도 안 돼!"

"친자식인 우릴 제쳐 두고 애먼 놈에게 풍운산장을 주겠다고?"

설령 철예군을 후계자로 세워도 펄쩍 뛸 판이었다. 하물며

피 한 방울 섞이지 않는 자에게 주겠다는데 가만히 지켜볼 그들이 아니었다.

그들은 즉시 싸움을 멈추고 손을 잡았다.

더 이상 그들끼리 다툴 이유가 없었다. 일단 연합전선을 구축해서 이 쥐새끼 같은 놈부터 상대하는 게 먼저였다. 평생을 원수처럼 지내오던 그들이지만, 기무결이란 공동의 적을 상대하기 위해 손을 잡는 건 그리 어려운 일이 아니었다.

"놈이 죽고 나면 그때는 생각을 달리하시겠지."

손을 잡고 나자 마음도 척척 맞아떨어졌다.

기무결을 죽이면 당장 꾸중이야 듣겠지만 후계자는 그들 두 사람밖에 없다. 결국 싫든 좋든 그들에게 물려줄 수밖에 없다는 뜻이었다.

그렇게 마음을 먹고 수소문 끝에 겨우 월동문 앞에서 기무결을 만날 수 있었다.

"으으, 정말 네놈이었구나!"

"얘기만 들었을 때는 설마 했거늘……."

그들의 눈빛에서 살기가 일었다. 주먹을 꽉 움켜진 그들의 손에서 파르르 강기가 일어나고 있다.

기무결은 한눈에 어떻게 된 일인지 짐작할 수 있었다.

그는 나머지 간세만 찾아낸 다음 바로 도망칠 생각이었는데, 철산호가 빼도 박도 못하게 먼저 선포를 한 것 같았다.

"그대들이 장주에게 무슨 이야기를 들었든 그건 절대 사실이 아니오."

"무슨 얘기 말이냐? 네놈이 군아와 태중혼약을 한 사이라는 거? 아니면 모종의 임무를 띠고 무림맹에 잠입했다는 거?"

끙!

'어이구, 잘도 꾸며댔군.'

아예 자신이 무림맹으로 돌아가지 못하게 못을 박으려는 수작인 것 같았다.

"사실 소생은 풍운산장 장주 자리에는 관심이 없소. 장주께서 강제로 떠맡기다시피 하고 있지만, 확실하게 말할 수 있는 건 절대 그런 일은 없을 거라는 것이오."

"그러니까 네놈은 싫은데 아버지께서 강제로 맡겼단 말이냐?"

"바로 그렇소. 철 소저 일만 해결하면 되는데… 일단 그녀를 설득해서 몇 번 만나는 일도 없는 것으로 할 생각이오."

그러니 풍운산장의 장주 자리는 두 사람이 알아서 하라는 뜻이었다.

철패강, 철위강 형제의 얼굴이 묘하게 변했다.

"설마 지금 자존심 강한 군아가 네놈에게 매달리기라도 한다는 말이냐?"

"그녀가 자존심이 강한지는 모르겠지만 매달리는 것은 사실이오."

"으으, 이놈이 보자 보자 하니까 못하는 말이 없구나!"

그들이 분통을 터뜨렸다.

장주 자리에 미련이 없다면 좋다고 덥석 물 줄 알았는데 결과는 정반대였다.

그들은 지금 기무결이 자신들을 놀리고 있다고 생각한 것이다.

그도 그럴 것이, 그들은 평생을 노력해도 어려운 장주 자리를 기무결은 너무나 하찮게 여기고 있었다.

게다가 철예군만 해도 그랬다.

그녀는 어지간한 일에는 도무지 흥미를 느끼지 않는 성격이다. 그런 그녀가 일개 마부 녀석 따위에게 매달린다니 지나가는 개가 웃을 일이었다.

"일단 네놈의 그 입부터 조져 놓고 말겠다!"

철패강이 품속에서 부채를 꺼냈다.

"일전에는 방심해서 네놈에게 당했지만 이젠 어림없다!"

휘익!

부채가 쫙 펼쳐지며 기무결의 눈을 현혹시켰다가 어느 틈에 한데 모아져 기무결의 어깨를 찔러왔다.

일전에 당한 것을 앙갚음하기 위해서라도 철패강은 처음부터 절초를 펼쳤다. 그 기세가 어찌나 현란하고 매서운지 보는 사람의 눈이 어지러울 지경이었다.

철패강의 별호는 섭선마룡.

부채를 귀신같이 사용한다 해서 붙여진 별호였다.

일견 평범해 보이지만 부챗살은 만년한철로 만들어져서 단단하기로는 금강석과 비견되고 무게도 상당해서 어지간한 어른도 들기 힘들 정도였다.

가히 일격 단약의 기세였다.

단 일 수로 바위를 때려 부술 수 있는 건 실로 대단한 힘이 아닐 수 없었다.

이럴 때는 일단 뒤로 물러선 다음 반격하는 것이 정석이었다.

하지만 기무결은 자세를 낮추고 어깨를 내려뜨렸다.

"지금 실수하는 것이다."

기무결은 철산호의 체면을 생각해서 가급적 싸움은 피하려고 했지만 먼저 걸어온 싸움을 마다할 그가 아니었다.

쐐액!

부채가 기무결의 어깨와 큰 차이를 그리며 허공을 찔렀다.

철패강이 두 눈을 크게 치떴다. 이는 그가 자랑하는 신풍조화선으로 총 칠 초식 중 세 번째 초식이었다. 화려한 변화 속에 강력한 힘이 숨겨져 있어서 지금까지 실패한 적이 단 한 번도 없었다.

"흥! 쥐새끼 같은 놈! 어디 이번에도 피해보아라!"

철패강이 갑자기 손목을 아래로 홱 꺾었다. 그리고 빙그르르 부채를 돌려 기무결의 머리를 내려찍어 갔다. 이는 다섯 번째 초식으로 방향과 공간을 자유자재로 움직일 수 있는 무적의 선법이었다.

기무결은 자세를 낮춘 방향으로 재빨리 바닥을 굴러 철패강 안쪽으로 파고들었다. 문득 철패강의 옆구리에 빈틈이 보였다.

"차앗!"

그가 일장을 휘둘러 옆구리를 공격했다.

모든 것이 화씨세가의 절초였다.

하나 기무결이 임의로 순서를 바꾼 것으로 원래는 수비를 한 다음 공격해야 하지만 기무결은 어깨를 낮춰 피하고 다시 바닥을 굴러 또 피한 것이다. 그다음 공격을 펼치자 철패강은 순식간에 궁지에 몰리고 말았다.

"억?"

철패강이 다급성을 토했다.

그의 하체가 와르르 무너지고 말았다.

그는 재빨리 부채를 끌어당겨 옆구리를 막았다.

촤르르!

부채가 좌우로 펼쳐졌다.

하지만 이는 허초였다. 철패강은 몸의 중심이 앞쪽으로 쏠린 상태였고, 그의 등 뒤는 완전히 무방비 상태였다.

"형님, 등 뒤를 조심하십시오."

철위강이 기무결의 움직임을 알고 소리를 질렀다.

"으으."

그건 철패강도 알고 있었다.

하나 몸의 중심을 잡고 등 뒤를 방비하는 게 마음처럼 쉬운 일이 아니었다. 이는 공력을 출수하고 거두는 것을 자유자재로 할 수 있어야 가능한 일로 그야말로 노화순청의 고수나 할 수 있는 묘기이기 때문이었다.

척!

기무결은 어느새 철패강의 뒤로 돌아가 그의 목에 검을 들이밀었다.

"어때? 이 검을 네놈의 목에 푹 찔러줄까?"

二

"으으……."

철패강의 얼굴이 붉으락푸르락했다.

이번에는 변명의 여지가 없는 완패였다.

이번이 벌써 두 번째였다.

그는 화가 나서 미치기 일보 직전이었다.

처음 그가 사로잡혔을 때만 해도 이 정도까지는 아니었다. 분명 기무결이 모습을 감추었다가 갑자기 눈앞에서 나타나는 무공은 놀라운 것이었지만, 그것만 빼면 그리 대수로울 것이 없었다.

한데 지금은 그 수법을 사용하지도 않았는데 겨우 삼 초식도 버티지 못하고 또다시 사로잡힌 꼴이 되어버린 것이다. 겨우 십여 일이 지났는데 철패강은 기무결을 전혀 다른 사람 보는 것 같았다.

그때 철위강이 큰 소리와 함께 일장을 후려갈겼다.

"이놈! 당장 형님을 놔주지 못하겠느냐?"

그들 형제는 이미 연합전선을 구축한 상태이기에 좌시하면 안 되었다.

웅웅!

철위강의 장력에서 엄청난 공기의 파동이 전해졌다.

그는 비록 풍운상단을 맡고 있긴 하지만 무공에도 조예가 깊었다.

백 명이 넘는 마도의 후기지수 중에 이십 위 안에는 든다고 자부하고 있다. 적어도 일장에 죽이지는 못해도 철패강을 포기하고 피하게 만들 자신은 있었다.

"흥!"

기무결은 가볍게 코웃음 쳤다.

그는 한 손으로는 여전히 철패강을 검으로 겨눈 상태로 한 손으로 철위강의 장력을 막아갔다. 이미 그에겐 분심쌍격이 있었고, 그의 손끝에서 장력과 권법 등이 마음먹은 대로 펼쳐졌다.

"으으, 이놈이?"

철위강은 폭풍처럼 공격을 펼쳤지만 기무결은 처음 그 자리에서 한 발짝도 움직이지 않았다. 오히려 철위강이 기무결의 수비에 막혀 옷깃조차 건드리지 못하고 있었다. 그나마 다행인 건 기무결이 철패강을 겨눈 상태이기에 제대로 반격을 펼치지 못하고 있다는 것이다.

'이, 이놈의 무공이 이렇게 높았단 말인가?'

철위강은 가슴이 서늘해질 지경이었다.

한 손으로 자신을 상대하는 것이나 서 있는 자리에서 조금도 움직이지 않는 것까지 최소한 자신보다 몇 단계 높은 고수가 아니고는 불가능한 일이었다.

그때 철패강이 잠시 기무결의 감시가 소홀해진 틈을 타 자리에서 벗어났다. 그리고 철위강과 합공을 펼쳐 기무결을 상대해 갔다.

그들 형제는 이제 명예고 자존심이고 개에게 던져 준 상태였다.

혼자 힘으로는 기무결을 어쩌지 못한다는 것을 알고 있기에 처음부터 전력을 다해 합공을 펼쳤다.

기무결은 한쪽으로는 검법을 펼쳐 철위강을 상대했고, 반대쪽으로는 장법을 펼쳐 철패강의 신풍조화선을 상대했다.

"부, 분심쌍격!"

철패강, 철위강 형제가 큰 소리로 부르짖었다.

그들도 배운 적이 있지만, 자질이 부족해서 겨우 수박 겉핥기식으로 배운 것이 전부였다.

그에 반해 기무결은 완벽했다. 거기에 공력까지 그들을 압도해서 마치 오래전부터 배운 사람처럼 능숙하기 짝이 없었다.

"으으."

그들은 질투심에 눈이 뒤집어질 지경이었다.

이것으로 명확해졌다. 철산호가 기무결을 차기 장주로 내정했다는 사실이.

그들은 더욱 매섭게 공격을 퍼부었다. 지금 여기서 기무결을 죽이지 못한다면 그들은 정말 닭 쫓던 개 지붕 쳐다보는 꼴로 모든 것을 다 잃게 될 것이었다.

하지만 기무결은 그들의 공세를 모두 막아내고 오히려 공세를 펼쳐 나갔다. 싸우면서 배운다고, 기무결은 운형이나 풍형을 펼치지 않고 자신의 능력을 시험했다.

화씨세가의 박투술에 천무은형잠종대법의 살인 기예까지.

최고의 무공들이 기무결의 손끝에서 펼쳐졌고, 철패강과 철위강은 손발이 어지러워 더 이상 버티지 못했다.

퍽! 퍼퍽!

"크윽!"

"으악!"

철패강은 기무결의 주먹에 얼굴을 맞고 나가떨어졌고, 철위강은 칼등에 머리를 세차게 두들겨 맞았다.

그들은 뼛속 깊이 고통이 밀려왔고, 그보다 더한 좌절과 절망감이 온몸을 휘어 감았다.

그때 기무결이 철패강의 얼굴을 짓밟고 철위강의 얼굴에 검을 들이밀었다.

"어이, 철부지들! 난 풍운산장의 장주 따위는 관심도 없다. 이번에는 철 장주 체면을 생각해서 그냥 넘어가지만 죽고 싶으면 언제든지 까불어라. 그땐 네놈들 모두 죽인다."

퍽!

기무결이 정확히 두 사람 사이에 검을 꽂았다.

파르르 떨리는 검을 보며 철패강과 철위강의 눈동자가 세차게 흔들렸다.


三


어느덧 팔월도 끝자락을 향해 가고 있었다.

천무서원이 여름방학을 한 지도 두 달이 넘었고, 기무결이 풍운산장에 온 지도 한 달째가 되어가고 있다.

"이제 얼마 있지 않으면 가을이로군."

새삼 시간이 유수와도 같다는 생각이 들었다.

기무결이 처음 무림맹을 나올 때만 해도 막 여름이 시작할 무렵이었다. 한데 어느새 더위가 마지막 기승을 부리고 있었다.

한 달 후면 방학이 끝나고 천무서원이 개학을 하게 된다.

기무결이 그전에 보물을 찾는 건 이제 물 건너간 셈이었다. 그는 지금 묵룡원을 찾기 위해 산서성으로 넘어온 상태였다.

묵룡원은 암거래 시장에서 사용하는 차명계좌였다.

원래 암거래 시장은 음지에서 불법을 자행하는 자들이 모여서 장사를 하는 곳이다. 암거래 시장에 있는 물건들 역시 정상적이 것이 하나도 없었다. 모두 훔친 장물이거나 밖으로 유출되면 안 되는 위험천만한 것이었다.

당연히 정상적인 계좌를 통해 돈을 거래할 리 없었다. 더구나 암거래 시장으로 흘러들어 오는 돈 역시 불법적인 돈이 대부분이었다.

그렇게 불법적인 돈이 모여들고 또 불법적인 방법으로 돈을 세탁하면 정상적인 돈이 만들어질 수 있었다.

그곳이 바로 묵룡원이었다.

만약 묵룡원을 손에 넣을 수 있다면 그동안 암거래 시장과 거래한 자들의 신분을 한눈에 파악할 수 있을 터였다.

기무결은 암거래 시장의 계좌를 추적해서 중개인을 찾아낼 생각이었다. 중개인만 찾아내면 무림맹에서 누가 화은설을 죽이려고 하는지 알아낼 수 있을지도 몰랐다.

그날 기무결은 철패강, 철위강 형제를 짓이겨 놓은 다음 바로 철산호를 찾아가 묵룡원을 찾으러 가겠다고 말했다.

원래 이런 일은 화급을 다툰다.

간세를 모두 처리한 다음 묵룡원을 찾으려고 할 때는 늦는다.

그때는 적들이 흘러들어 온 자금에 의심을 품고 몇 겹의 장벽을 칠 수 있기 때문이었다.

최대한 빨리 움직이는 것이 관건이었다. 적들이 전혀 대비하지 못한 지금이 가장 적절한 시기였다.

남아 있는 간세는 철예군에게 부탁했다.

암호를 해독해서 간세들과 연락을 취할 수 있는 사람은 철예군뿐이었고, 간세를 모두 찾아내는 건 의외로 간단한 일이었다. 팽륜이 다른 자들과 연락을 취하며 대소사를 주관했듯 분명 수하들 틈에 숨어 있는 간세들 역시 그 같은 구조를 취하고 있을 게 틀림없었다.

그렇다는 건, 즉 다른 간세들과 연락하는 사람 한 명만 찾아내면 나머지는 줄줄이 엮어서 캐낼 수 있다는 뜻이었다. 그리고 기무결과 철예군이 남긴 표식에 하루가 지나기 전에 누군가 답장을 해놓았다.

─긴급 상황이라니, 그것이 무엇이오?

어느 정도 예상은 했지만 막상 연락이 오자 기무결은 물론이고 철예군도 놀라지 않을 수 없었다.

다음 답변을 해야 하지만 아직 암호 해독이 완벽하게 이루어진 것이 아니기에 철예군은 일단 해독한 글자 내에서 짤막하게 답변할 수밖에 없었다.


　—철산호가 차기 장주를 기무결이란 자에게 넘겨주려는 것
을 아시오?


　사실 이건 더 이상 화급을 다투는 일도 아니었다.

　그도 그럴 것이, 이미 철산호가 만천하에 기무결의 존재를
공개하고 그에게 장주 자리를 넘겨주겠다고 공언했기 때문이
었다.

　하지만 표식을 남겼을 때는 아직 철산호가 공언하기 전이
다.

　철예군은 그렇게 대화를 주고받는 가운데 계속 암호를 해
독하고 있었다.

　연락이 온 이상 지금부터가 시작이었다. 철예군의 능력에
따라 간세들의 정체를 밝혀내느냐 그러지 못하느냐가 달려
있다.

　하나 철예군의 심기와 지혜라면 충분히 간세들을 상대할
수 있으리라.

　한편, 철산호는 아들들이 낭패를 당한 것을 알고 있었다.
자신의 처소 앞에서 벌어진 일이기에 처음부터 끝까지 지켜
보았던 것이다.

　하지만 그는 전혀 개의치 않았고, 오히려 못난 자식들 때문

에 한숨이 절로 나왔다.

아무튼 철산호는 기무결의 계획을 듣고 자못 걱정이 되었다.

"여긴 걱정하지 말게. 그나저나 자네 혼자 가도 괜찮겠나?"

"혼자 움직이는 것이 편합니다."

"후홋! 자네가 솔선수범해서 사건을 해결하려 할 줄은 몰랐네. 이제 풍운산장의 일이 남의 일처럼 느껴지지 않는 건가?"

왠지 철산호는 기무결을 놀리고 있는 것 같았다.

그는 아마도 기무결이 묵룡원을 구실로 도망치려는 줄 오해한 모양이었다.

물론 그것도 그리 틀린 생각은 아니었다.

보물을 찾으려면 언제까지 풍운산장에 있을 수는 없는 노릇이었다.

하나 기무결이 묵룡원을 알아보려는 것은 정말이었다.

단지 그것이 풍운산장을 위해서가 아니라 누가 화은설을 죽이려고 했는지 알아보기 위해서라는 것이 다를 뿐이었다.


四


천미객잔

입구 위에 걸려 있는 현판이 사람들의 시선을 사로잡고 있었다. 천하에서 가장 맛있는 곳이라는 이름은 아무나 내거는 것이 아니기 때문이었다.

과연 안으로 들어가자 꽤 넓은 식당 안이 사람으로 가득했다.

점소이는 기무결을 이 층으로 안내했다. 이 층에도 사람이 많기는 마찬가지였지만, 구석진 자리에 겨우 몇 명 정도 앉을 자리가 남아 있었다.

음식 맛은 훌륭했다.

한 번 먹고 나면 그 맛을 잊지 못해 먼 곳에서 찾아온다는 말이 결코 헛소문이 아니었다.

하지만 기무결은 겨우 음식이나 먹자고 이곳에 온 것이 아니었다. 계좌를 추적한 바에 따르면 최종적으로 돈이 흘러들어 온 곳이 바로 천미객잔이었던 것이다. 그렇다면 이곳에서 묵룡원을 관리하고 있다는 뜻이었다.

기무결은 음식을 먹으면서 곁눈질로 쉴 새 없이 주변을 살펴보았다.

그는 지금 유유자적한 유생으로 변장했고, 손에는 부채를 들고 허리춤에는 장식용 검을 차고 있었다.

'제법 대담하군. 이렇게 사람이 많이 모이는 곳에서 불법을 자행한단 말인가?'

모르는 사람들이 보면 단순히 음식이나 파는 객잔으로 생각할 것이다.

기무결도 정확히 이곳에서 무슨 일을 하는지는 모르고 있었다.

단순히 묵룡원만 관리를 하는지 아니면 다른 암거래 시장처럼 불법으로 물건들을 파는지 쉬이 짐작이 가지 않았다.

그래서 더 조심스러웠다.

그는 음식을 먹으면서 다른 한편으로는 점소이와 손님들의 동태를 살폈다.

만약 이곳에서 거래도 한다면 사람들이 중개인의 소개를 받고 물건을 사러 올지도 몰랐다. 그렇다면 당연히 음식을 주문하는 과정에서 신분 확인 절차가 이루어질 가능성이 컸다.

"응?"

기무결의 시선이 어느 한쪽에 고정되어 떨어질 줄 몰랐다.

그의 시선이 향한 곳은 창가 쪽이었다. 그곳에서는 화려한 옷을 입은 손님이 주문을 하기 위해 점소이에게 말을 걸고 있었다.

객잔에서는 흔히 볼 수 있는 광경이다. 만약 기무결도 처음부터 의심을 품고 자세히 살펴보지 않았다면 그냥 놓치고 지나쳤을 것이다.

문득 점소이가 주변을 둘러보더니 그의 입술이 살며시 떨리는 것이 아닌가?

이는 전음을 구사하고 있다는 증거였다. 그리고 잠시 뒤 화려한 옷을 입은 손님이 은밀히 점소이에게 쪽지를 내밀었다.

쪽지는 중개인이 보낸 일종의 신분 증명서였다. 그것이 없으면 억만금을 준다고 해도 거래 자체를 할 수 없었다. 또한 나중에 문제가 발생하면 전적으로 중개인이 책임지기 때문에 중개인 역시 아무에게나 증명서를 써주지 않는다.

아무튼 기무결은 평생을 이쪽 세계에서 살아온 탓에 쪽지가 무슨 의미인지 알고 있었다.

'일이 생각보다 수월하게 풀리는군.'

그때, 점소이가 쪽지를 확인한 다음 턱짓으로 신호를 보냈다. 신분 확인이 끝났으니 자신을 따라오라는 뜻이었다. 화려한 옷을 입은 손님이 주변을 둘러본 다음 조심스럽게 자리에서 일어나 점소이를 따라갔다.

그들이 향한 곳은 뒤쪽에 있는 별채였다.

기무결은 좀 더 자세히 확인하고 싶었지만 곳곳에 점소이들이 있어서 이내 포기하고 말았다. 그래도 수확이 아예 없는 것은 아니었다. 비밀 통로가 별채에 있는 것을 확인했으니 절반은 성공한 셈이었다.

'이곳에서 거래도 하면 규모가 생각보다 크겠군.'

경계도 삼엄할 것이다.

좀 더 신경을 쓰지 않으면 묵룡장을 손에 넣기도 전에 정체가 발각될 수 있었다.

그는 미련 없이 자리에서 일어났다.

그리고 음식 값을 계산하고 발길을 돌렸다.


사방이 고요하게 잠든 사경(새벽 1~3시) 무렵이다.

달이 구름에 가려 천미객잔은 짙은 어둠 속에 잠겨 있었다.

그때, 문득 하나의 인영이 어둠을 뚫고 천미객잔 안으로 스며들었다.

이미 영업이 끝난 객잔 안은 불빛 하나 없이 고요한 정적에 휩싸여 있었지만, 그 인영은 최대한 기척을 죽였다.

별채로 들어선 그는 주변을 더듬거리며 비밀 통로를 찾기 시작했다.

"아까 전각 안으로 들어갔으니 분명 침실이나 서재에 기관 장치가 있을 것이다."

덕분에 시간을 줄일 수 있었다.

만약 그 모습을 보지 못했다면 정원에 있는 화원까지 조사해야 했다.

기무결은 침실과 서재를 조사한 지 반 시진 정도 되었을 무렵 객청의 벽에 걸려 있는 그림이 기관장치 열쇠라는 것을 알아낼 수 있었다.

덜컹!

그림을 좌측으로 밀어 올리자 벽난로가 좌우로 벌어지며 조그만 입구가 나타났다.

기관장치가 너무나 교묘해서 아마 점소이 등이 별채로 가는 것을 보지 못했다면 영원히 찾지 못했을 것이다.

기무결은 조심스럽게 입구 안으로 들어갔다.

하지만 얼마 가지 않아 막다른 길이 나타났다. 대신 밑으로 내려갈 수 있는 다리가 있었다.

지하로 내려가자 길게 복도가 펼쳐졌다. 좌우로 벽 위에 등불이 밝혀져 있었지만 띄엄띄엄 있어서 그리 밝지는 않았다.

그는 즉시 눈과 귀를 열어 사방을 살피기 시작했다. 이곳에서 물건도 거래하고 있으니 주변을 지키는 자들이 분명 있을 터였다.

하나 복도가 끝날 때까지 별다른 인기척은 느껴지지 않았다.

기무결이 고개를 갸웃거렸다. 시간이 아무리 사경이 넘었다고 해도 경계무사 한 명 없다는 것은 여간 이상한 일이 아니었다.

흠칫!

"서, 설마 함정?"

기무결이 아차 싶어 재빨리 그곳을 빠져나오려고 할 때였다.

쿠쿵!

위로 올라가는 입구의 문이 닫히는 소리였다.

꽤나 두꺼운 철문으로 되어 있어서 제아무리 공력이 높은 고수라 해도 밑에서 위로 몸을 날린 상태에서 문을 부수기는 쉽지 않는 일이었다.

그와 동시에 어느 틈에 나타났는지 삼십 대 초반의 청년이 복도 끝에서 천천히 기무결 앞으로 다가오고 있었다. 그의 좌우에는 눈매가 날카로운 백발의 노인과 깡마른 중년 사내가 뒤를 따르고 있었다.

"어서 오게. 자네를 기다리느라 눈이 빠지는 줄 알았네."

삼십 대 청년이 빙그레 웃었다.

학창의에 손에 부채를 들고 문사건을 쓴 모습이 영락없는 책사의 모습이었다.

第六章

범죄 자문 책사

一

  기무결은 자신이 완벽하게 함정에 빠졌다는 것을 깨달았
다.

  생각해 보면 모든 것이 너무나 순탄했다. 자신이 오기 무섭
게 중개인의 소개를 받은 자가 점소이에게 쪽지를 준 것이며
별채로 들어간 것까지. 한 번쯤은 의심을 해야 했다. 더구나
기무결은 평소 의심이 많은 성격이지 않는가? 그런 그가 이렇
게까지 당할 줄은 생각도 못한 일이었다. 당해도 제대로 당한
것이다.

  "내가 올 줄은 어찌 알았소?"

  "후후! 그거야 자네가 이쪽으로 오도록 본공자가 유인했으

니 당연한 일 아닌가?"

청년이 빙그레 웃었다.

그의 입가에 걸린 미소만 보면 마음씨 착한 사람처럼 보이
지만 그의 눈동자는 무서울 정도로 사악하게 빛나고 있었다.

"으음."

기무결이 침음성을 흘렸다.

뭔가 일이 이상하게 돌아가고 있었다. 기무결은 차명계좌
를 추적해 여기까지 찾아올 수 있었던 것인데, 청년의 말은
차명계좌에 장벽을 치고 정보를 조작했다는 소리였다.

지금 보니 삼십 대 청년은 이곳과는 전혀 어울리지 않았다.
여기는 암거래 시장과 밀접한 관련이 있는 곳. 학창의를 입은
책사가 있을 만한 자리가 아니었다.

"그대는 누구요?"

"쯧쯧, 빨리도 묻는군. 나는 범죄를 자문해 주는 사람이
오."

"범죄 자문?"

책사면 책사지 그런 것도 있나?

"그리 이상하게 생각할 것 없네. 한마디로 범죄만 전문으
로 조언해 주는 책사라고 생각하면 이해하기 쉽겠군."


책사는 꾀를 써서 일이 잘 이루어지게 하는 데 남다른 능력
을 지닌 사람을 뜻한다. 유방을 도와 천하를 통일한 장량이나

유비를 도와 조조에 맞선 제갈량이 전형적인 책사에 속한다.

예부터 책사라 하면 학식이 풍부하고 병법에 능해서 군사를 귀신같이 부리는 것으로 알려져 있었다.

한데 눈앞의 청년은 책사는 책사인데 학식이나 병법이 아니라 범죄에 통달해서 범죄를 조언하고 꾀를 써서 일이 잘 이루어지게 하는 데 남다른 능력을 지녔단다.

그야말로 기상천외한 말이었다.

기무결은 어이가 없었다. 아마 다른 사람이 들었어도 마찬가지 반응을 보였을 것이다.

하지만 그것도 잠시, 문득 그의 머릿속에 무언가 떠오르는 것이 있었다.

"으음. 그렇다면 지금 풍운산장에서 벌어지는 일련의 음모는 모두 그대가 조언하고 계획해 준 것이겠군."

"왜 그렇게 생각하나?"

"처음부터 차명계좌를 만들고 돈을 세탁하는 방법이 예사롭지 않다고 생각했지. 더구나 가상의 상단을 만들어 돈을 보내려면 위조해야 할 문서가 한두 가지가 아니고."

이것들은 모두 범죄 수법이 신의 경지에 이르지 않고는 불가능한 일이었다.

거기에 몇 겹이나 장막을 쳐서 추적이 불가능하게 만든 것은 또 어떤가?

기무결은 물론이고 채일룡까지 그 치밀한 수법에 혀를 내

두를 정도였다.

때문에 기무결은 내내 이상하게 생각하고 있던 중이었다. 무림의 고수들은 시정잡배들이나 아는 범죄 수법을 아주 혐오하게 마련인데, 풍운산장에서 펼쳐지고 있는 일들이 바로 그런 모양새이니 도무지 이해가 되지 않았던 것이다.

무림의 고수들이 시정잡배들에게 도움을 구했을 리는 없을 테고, 그렇다고 범죄 수법들을 익히기에는 자존심이 허락하지 않을 터였다. 더구나 이런 범죄들은 책이 있는 것도 아니고, 그렇다고 배우는 곳도 없어서 아무나 배울 수 있는 것도 아니었다.

"후후! 직접 겪어본 소감이 어떤가? 제법 놀랍지 않던가?"

그는 자신감이 넘치다 못해 거만하게 느껴질 정도였다.

하긴 그럴 법도 한 것이, 그가 아니고는 풍운산장 같은 거대 문파를 풍전등화의 지경까지 몰고 갈 사람은 세상에 존재하지 않았다.

하지만 정말 무서운 것은 세상에서 그의 존재를 알고 있는 사람이 아무도 없다는 것이었다.

그는 단순히 범죄를 자문하고 조언해 줄 뿐 절대 전면에 나서지 않았다.

그렇다고 공짜로 해주는 건 아니었다. 청부를 받은 살수가 돈을 받고 사람을 죽이듯 그는 돈을 받고 범죄를 설계해 준다. 그야말로 새로운 책사 유형으로 고금 이래로 그와 같은 책사는 단 한 번도 나타난 적이 없었다.

"글쎄, 내가 이곳까지 찾아온 것을 보면 그리 자랑할 만한 수준은 아닌 것 같군."

기무결은 속으로는 그의 능력을 높게 평가하고 있었지만 겉으로는 한없이 깎아내렸다.

二

청년은 자유로운 존재였다. 그는 지금까지 어디에도 적을 두지 않고 필요한 자들에게 범죄 자문을 해주었다. 그의 능력을 알아본 자들이 아예 없었던 것은 아니다.

오히려 그의 능력을 알아본 자들은 열병에 걸린 사람처럼 그를 영입하려 애를 썼지만, 어디에 소속되는 것처럼 갑갑한 일도 없었다.

그래도 범죄를 자문해 주고 한 문파의 운명을 자신의 손으로 결정짓는 건 생각보다 매력적인 일이었다. 그는 시시한 일은 쳐다보지도 않았고, 그가 뛰어든 일은 언제나 한 문파의 흥망성쇠가 걸려 있었다.

하나 이번에는 달랐다.

그는 누군가 한 사람을 위해 범죄를 자문해 주고 있었다.

누구에게도 흥미를 느끼지 못하던 그가 드디어 어느 한곳에 정착한 것이다.

여기에는 천하의 흥망성쇠가 달려 있었다. 지금까지는 그저 일개 문파를 상대했다면 이제는 천하무림과 황실의 운명이 걸려 있는 것이다. 그는 자신이 직접 범죄를 자문하고 계획을 설계해 나가면서 그동안 느끼지 못하던 짜릿한 감정을 만끽하고 있었다.

누구도 그의 적수가 되지 못했고, 속수무책으로 무너져 나갔다.

자신으로 인해 천하가 어지러워지는 것 따위는 신경 쓰지 않았다.

오히려 그는 곳곳에서 파멸이 일고 죽음과 절규가 이어질 때마다 통쾌해서 미칠 지경이었다. 이것이야말로 자신의 능력이 그만큼 대단하다는 방증이기 때문이었다.

이번 일만 해도 그랬다.

그의 계획은 스스로 생각해도 완벽했다.

풍운산장이 마도 서열 십 위에 올라 있는 거대 문파라고 해도 그에겐 식은 죽 먹는 것과 다를 바 없었다.

철산호는 중독이 되어 더 이상 두려워할 필요가 없어졌고, 철패강과 철위강은 얼간이나 마찬가지였다. 또한 그들 형제를 이간질시켜 양패구상하게 만들 계획도 척척 진행되고 있었다.

철예군이 제법 심기가 깊고 똑똑하다는 말은 들었지만 그의 상대는 되지 못했다. 풍운산장은 그가 계획한 범죄 수법에

서서히 무너져 내릴 운명이었다.

한데, 갑자기 말도 안 되는 일이 벌어졌다.

조금씩 그의 계획이 틀어지고 예상치 못한 상황으로 전개된 것이다. 아무도 모를 것 같던 차명계좌가 발각되고, 누군가 가상의 상단을 만들고, 정체불명의 돈을 흘려보내 그들의 정체를 알아내려 했다. 이것은 그가 사용하던 방법과 똑같았다.

생각할수록 어이가 없었다. 만약 그가 재빠르게 대처하지 못했다면 아마 낭패를 겪었을 것이다.

'무림맹과 황실의 정체가 드러나면 회주의 정체마저도 만천하에 발각되고 말 것이다.'

회주야말로 그가 세상에서 인정한 유일한 주인이었다.

그는 회주의 정체가 유출되는 걸 막기 위해 기무결이 파놓은 함정을 사력을 다해 막았고, 이제 겨우 한숨 돌릴 수 있었다.

하나 그때는 이미 풍운산장을 집어삼키려던 계획은 거의 물 건너간 뒤였다. 자신도 모르는 사이에 잡일을 맡은 간세가 모두 제거되었기 때문이다.

원래 그는 이삼 일에 한 번 꼴로 팽륜 등에게 보고를 받는데, 이느 순간부터 모든 간세에게 연락이 끊기고 말았다.

귀신이 곡할 노릇이었다.

잡일을 맡은 간세들을 어떻게 찾아서 제거했는지 이해가

되지 않았다.

그는 화가 머리 꼭대기까지 치밀어 올랐지만 가까스로 참았다. 그의 표정은 여전히 변화가 없었다.

"내 계획은 완벽했다고 자부하네. 자넨 그들을 어떻게 찾아낸 건가? 그들의 정체는 그들 자신도 모르고 있는 일이었어."

"그게 바로 결정적인 패착이라는 것을 아나?"

"뭐라고?"

생각지도 못한 말에 청년이 눈살을 찌푸렸다.

"우선 그대가 사용한 수법 그대로 가상의 상단을 만들고 계좌를 개설해 돈을 송금했네. 그럼 본단에 잠입해 있던 자에게 알려질 것이고, 그가 다른 누군가에게 연락할 것이라고 생각했지. 그렇게 두 명의 간세를 찾아냈고, 팽륜을 며칠 동안 감시하면서 그가 다른 자들과 표식으로 대화하는 것을 발견하고 나머지 간세들도 찾아낼 수 있었네."

"그랬군. 차명계좌를 만든 건 단순히 계좌를 추적해서 황실과 무림맹의 정체를 알아내기 위한 것이 아니었어."

그는 새삼스러운 눈빛으로 기무결을 쳐다보았다.

모든 범죄에 정통한 그이지만 기무결 역시 그에 못지않다.

"그럼 수하들 틈에 숨어 있는 간세들도 위험하겠군."

"아마 지금쯤이면 대부분 정체가 발각되었지 싶네."

"으음. 표식을 해독한 건가?"

"그건 철 소저의 능력이지."

"그렇군."

청년이 씁쓸한 표정으로 입맛을 다셨다.

풍운산장에서 진정으로 무서운 사람은 아마 철예군일 것이다.

다만 그녀는 몸이 병약하고 만사에 귀찮아하는 성격이라 크게 비중을 두지 않았던 것이 실수라면 실수였다.

하지만 이미 풍운산장에 대한 미련은 접은 상태였다.

자신들의 존재가 발각된 이상 그의 계획은 진작 실패한 것이다. 아마 그의 인생에 있어서 최초의 좌절일 것이었다. 그의 고고한 자부심에 상처가 생긴 것은 당연지사. 대신 함정을 파서 기무결을 잡았으니 어느 정도 울분은 달랠 수 있을 터였다.

"자네의 이름이 무엇인지 궁금하군."

"이미 기무결이란 걸 알고 있지 않나?"

"신분 세탁한 이름 말고 자네의 진정한 정체 말이네."

"통성명을 하고 싶다면 먼저 정체를 밝히는 것이 예의 아닌가?"

청년의 눈빛이 사납게 변했다.

그가 기무결의 신상 내력을 조사하지 않았을 리 없었다.

그는 가능한 한 모든 정보력을 동원해서 기무결의 내력을 알아내려고 했다.

하나 신기하게도 아무것도 나온 것이 없었다. 기무결의 출생지가 어디이고 사문이 어디이며 심지어는 이름이 무엇인지 알아낸 것이 하나도 없었다. 결과만 놓고 보면 기무결은 세상에 아예 존재하지 않았다.

그렇다는 건 결론은 하나라는 뜻이다.

바로 신분 세탁에 능하다는 것이었다. 자신이 태어나고 자란 흔적까지 모두 지울 정도의 실력자라면 거의 범죄 수법이 신의 경지에 이르렀다는 소리였다.

그래서였다.

그는 아무리 무공이 높은 고수나 지략이 뛰어난 책사도 두렵지 않았다.

하지만 기무결은 자신에 필적한 만큼 범죄 수법에 도통했고, 이것만큼 등골이 서늘한 일도 없었다.

"아쉽지만 우린 이쯤해서 헤어져야 할 것 같네."

청년이 말과 함께 좌우에 있는 자들에게 눈짓으로 신호를 보냈다.

순간 그들이 몇 걸음 앞으로 걸어 나왔다. 그것만으로도 기무결은 엄청난 압박이 느껴졌다. 처음부터 백발노인과 깡마른 중년 사내가 보통의 인물이 아니라고는 생각했다. 그렇다고 그들이 손을 움직였다든지 아니면 검을 뽑아 든 것은 아니었다. 단지 몇 걸음 걸어 나온 것만으로 엄청난 예기를 발출하는 건 아무나 할 수 있는 일이 아니었다.

"처음에는 자네를 포섭할까도 생각했지만, 역시 화근은 제거하는 것이 옳아."

그는 부채를 흔들며 뒤로 물러섰다.

"그들의 손에 죽는 걸 영광으로 생각하게."

껄껄!

그가 호탕하게 웃으며 어둠 속으로 사라져 갔다.

三

복도는 싸우기에는 그리 적당한 장소가 아니었다.

일단 폭이 좁아 여러 명이 한데 뒤엉켜 싸울 만한 공간이 나오지 않았다.

기무결에겐 그나마 천만다행이었다.

비록 대적한 경험이 그리 많은 건 아니었지만, 이런 느낌을 준 사람은 철산호와 뇌강 이후 처음이었다.

하지만 그는 자못 호기롭게 소리쳤다.

"누가 먼저 소생을 상대하겠소? 한 사람씩 덤비든 두 사람이 함께 덤비든 그대들이 편할 대로 결정을 하시오!"

"미친놈!"

나직하게 욕을 하며 앞으로 한 걸음 내디딘 사람은 깡마른 중년 사내였다.

"그분의 명령이 아니었다면 네놈 같은 애송이를 상대하기 위해 우리가 함께 오는 일도 없었을 것이다."

사자도 토끼를 사냥할 때는 최선을 다한다는 말이 있다.

하지만 아무리 그래도 이건 너무 심했다.

그와 백발노인은 신강 일대를 평정한 인물들로 그 성정이 잔인하기 이를 데 없고 이역만리인 중원무림에까지 그 명성이 자자한 절정고수였다. 그런 그들이 무명지배나 다를 바 없는 기무결을 상대하기 위해 이곳에 와 있다는 것은 꽤나 자존심 상하는 일이었다.

백발노인은 팔짱을 끼고 한심한 표정을 짓고 있었다.

'이번엔 회주께서 너무하셨군. 적어도 마도의 사마나 구파일방의 칠기, 무림맹의 정천구룡은 상대할 줄 알았거늘.'

적어도 이들 정도는 되어야 자신들의 상대라 할 수 있었다.

그가 문득 깡마른 중년 사내에게 말했다.

"귀찮으니까 빨리 끝내고 돌아가세."

"흐흐, 잠시만 기다리시오."

중년 사내의 팔이 살짝 흔들렸다.

순간 기무결의 두 눈이 크게 치떠졌다.

그도 그럴 것이, 중년 사내의 팔이 엿가락 늘어나듯 쭉쭉 늘어나 이 장이 넘는 곳까지 다가와 자신의 가슴을 후려치려는 것이 아닌가?

더구나 중년 사내의 손바닥은 다섯 배 정도로 커져 있다.

'이, 이런 말도 안 되는……'

밀종의 대수인이었다.

그걸 알고 있을 리 없는 기무결은 귀신을 본 것처럼 소름이 돋을 수밖에 없었다.

이렇게 기괴한 무공은 처음이었다.

하지만 그 위력은 상상을 초월할 정도였다.

기무결은 뒤로 피했다가 반격하면 선기를 완전히 제압당해 반격할 기회를 영원히 잃어버릴 것만 같았다. 그것을 증명이라도 하듯 깡마른 중년인은 왼손을 허리까지 끌어 올려 두 번째 대수인을 펼치려 하고 있었다. 기무결이 몸을 움직이면 곧바로 대수인을 펼칠 기세였다.

기무결은 허리춤에 있던 장식용 칼을 뽑아 들고 비스듬히 세워 대수인을 막았다. 두 개의 기운이 부딪치며 폭음이 터져 나왔다.

쾅!

대수인의 기세는 가공하기 짝이 없었다.

기무결은 공력을 주입해서 막았는데도 불구하고 뒤로 일곱 걸음이나 밀려나고 말았다. 대수인을 막은 칼은 산산조각 나버린 지 오래. 기무결은 거대한 망치로 두 팔을 얻어맞은 것 같은 격렬한 통증을 느꼈다.

가히 상상을 초월하는 힘이었다.

하나 깡마른 중년인도 속으론 은근히 놀라고 있었다.

그는 대수인의 위력을 누구보다 잘 알고 있다. 어지간한 공력을 지닌 고수라도 대수인을 정면으로 받으면 가슴이 으스러지고 혈맥이 터져 일 초도 버티지 못하고 쓰러지게 마련이었다. 하물며 이제 겨우 약관을 조금 넘은 기무결은 두말할 나위도 없을 터.

기무결이 피를 토하고 쓰러져 죽어야 정상이었다.

하지만 기무결은 피를 토하지도 않았고 죽은 건 더더욱 아니었다. 단지 검이 부서지고 일곱 걸음 밀려났을 뿐이다. 그것이 그의 자존심을 긁고 말았다.

"흥, 제법이구나! 하지만 두 번의 요행은 없다!"

깡마른 중년인이 차갑게 코웃음 치며 왼손을 앞으로 쭉 내밀었다.

순간 그의 팔이 환상처럼 쭉쭉 늘어나고 손바닥이 갈수록 증폭되어 갔다. 기무결의 지척에 도달했을 때는 거의 일곱 배로 커져 있었다.

'소, 손바닥이 아까보다 더 커졌다.'

그렇다는 건 공력을 더했다는 소리.

기무결은 기절초풍할 지경이었다.

그의 팔은 아직 충격의 여파로 힘을 쓰기 어려웠다.

물론 두 팔이 정상이라 해도 막을 엄두가 나지 않았다.

기무결이 황급히 뒤로 일 장이나 물러섰다.

순간 폭음이 터지며 기무결이 서 있던 바닥에 깡마른 중년인의 손바닥이 새겨졌다. 커도 너무 컸다. 이건 사람의 손이 아니라 괴물의 발자국 같았다.

四

고수들 사이의 싸움은 때론 조그마한 움직임이 승패를 좌우하는 법이다.

기무결은 한번 물러선 순간 선기를 완전히 빼앗기고 수세에 몰리고 말았다.

순식간에 깡마른 중년인이 다섯 번의 대수인을 펼쳤고, 다섯 개의 손바닥이 모든 공간을 점령했다. 빠른 움직임에 강력한 위력이 담겨 있었다.

기무결이 또다시 뒤로 물러나 피했다.

그의 등 뒤로 식은땀이 흘러내렸다.

반격을 하려면 앞으로 나아가 빼앗긴 공간을 빼앗아 와야 하는데, 지금 상황에서는 반격은 감히 꿈도 꿀 수 없었다.

일단 거리가 너무 멀었다. 화씨세가의 박투술은 가까이 접근해서 펼쳐야 효과적이지 지금처럼 상대에게 거리를 내주면 필패할 수밖에 없었다.

분심쌍격 역시 마찬가지였다.

거리가 먼 상태에서는 양손으로 두 가지 무공을 펼쳐 봐야

제 위력을 발휘하기 어려웠다.

위험해도 모험을 걸어야 했다.

기무결이 손에 쥐고 있던 칼자루를 깡마른 중년인을 향해 냅다 집어 던졌다.

그와 동시에 몸을 날려 앞으로 짓쳐 나갔다.

"흥! 어림없는 수작이다!"

깡마른 사내가 가볍게 코웃음 치고 오른손을 내밀어 대수인을 펼쳐 칼자루를 쳐내고 왼손으로 기무결을 공격했다.

그는 전혀 방해를 받지 않았다.

하지만 단 한 번, 그의 오른손을 묶은 것만으로도 기무결은 목적한 바를 이룰 수 있었다.

기무결이 가볍게 몸을 날려 벽을 밟고 몸을 회전시켰다.

쇄애액!

가공할 기세를 담은 대수인이 기무결의 머리 아래로 스쳐 지나갔다. 그 여파로 머리카락이 싹둑 잘려 나가고 마구 풀어져 버렸지만 기무결은 간발의 차이로 피할 수 있었다.

"이놈이?"

깡마른 중년인이 약이 바싹 오른 얼굴로 연거푸 일곱 번의 장력을 펼쳐 냈다. 그때마다 지하 석실은 충격으로 들썩거렸고, 사방 벽면은 물론이고 천장까지도 온통 그의 손도장이 새겨졌다. 기무결은 벽면을 타고 올라가 천장에서 몸을 백팔십도 뒤집었다. 그리고 반대편 벽면을 타고 바닥으로 내려섰다.

"으으, 이 쥐새끼 같은 놈!"

깡마른 중년인의 목소리가 급격하게 흔들렸다.

그도 그럴 것이, 기무결은 어느새 깡마른 중년인의 지척까지 도달했기 때문이다.

기무결은 즉시 분심쌍격으로 공격했다. 그의 오른손에서 허허실실의 화씨세가의 초식이 펼쳐졌고, 왼손에서는 살기 가득한 천무은형잠종대법의 살인 기예들이 마구 쏟아졌다.

깡마른 중년인은 손발이 어지러워졌다.

그는 어디를 어떻게 막아야 좋을지 몰랐다. 기무결의 두 손에서 펼쳐지고 있는 무공들은 성질이 너무 달라서 그 위력이 배가되고 있었다. 그에 반해 깡마른 중년인의 대수인은 가까운 거리에서는 속수무책이었다. 그렇다고 그의 대수인이 원래 가까운 거리에서 약한 것은 아니었다. 단지 기무결이 터무니없이 강한 것이다.


'거, 거리를 벌려야 한다.'

그는 생각하고 자시고 할 것도 없이 다급히 몸을 날려 뒤로 도망쳤다.

하지만 기무결은 찰거머리처럼 달라붙어 속사포처럼 두 팔을 휘둘렀다.

깡마른 중년인의 무공도 예사로운 것이 아니어서 뒤로 도망치면서도 기무결의 공격을 막아냈다. 아니, 모두 막았다고 생각했다.

한데 바로 그때, 한 마리 물고기가 폭포수를 역류해서 올라가듯 기무결의 주먹이 그의 방어막을 뚫고 아래에서 위로 짓쳐 들어오는 것이 아닌가?

"컥!"

그의 얼굴이 뒤로 홱 젖혀졌다. 턱이 으스러지고 이빨이 와장창 부러져 나갔다. 맞아도 제대로 맞은 것이다.

그와 동시에 중심을 잃고 몸이 휘청거렸다.

기무결이 펄쩍 날아올라 무릎으로 그의 얼굴을 찍어갔다. 박투술은 원래 온몸의 모든 부위가 무기가 된다. 특히 팔꿈치와 무릎은 그 위력이 더 강해서 한 번의 공격으로도 상대를 죽음으로 몰아넣을 수 있었다.

"헉?"

깡마른 중년인은 끔찍한 고통 중에서도 숨이 턱 막혀왔다.

이건 가볍게 스치기만 해도 죽는다는 것을 본능적으로 깨달았다.

하지만 기무결의 공격을 피하기에는 그의 중심이 완전히 허물어진 상태였다.

바로 그때였다.

쇄애액!

기무결은 문득 강력하고 사나운 도기가 자신의 옆구리를 향해 날아오고 있는 걸 감지했다. 이대로 무릎으로 깡마른 중년인의 얼굴을 찍으면 그를 죽일 수는 있겠지만, 자신 역시 도기에 옆구리가 갈라지고 말 것이다.

기무결은 출수했던 공력을 회수하고 몸을 빙글 돌렸다. 그런 그의 동작은 군더더기 없이 빠르고 유연하기 그지없었다.

찌익!

그의 소매가 도기에 잘려 나갔다. 그 속에 가느다란 혈흔이 여러 개 생겼다.

'으음.'

기무결이 속으로 침음성을 흘렸다.

아마 조금만 반응이 늦었거나 우물쭈물했다면 팔뚝이 아니라 온몸이 잘려 나갔을 것이다.

하나 기무결이 놀란 건 팔뚝에 생겨난 혈흔 때문이 아니었다. 그는 분명 한 가닥 도기를 보았다고 생각했는데, 팔뚝에 생긴 혈흔은 여러 개였던 것이다. 그렇다는 건 그 짧은 순간에 여러 차례 변화가 일어났다는 것이 아니고 무엇이겠는가?

기무결이 자세를 잡고 전방을 주시했다.

도법을 펼쳐 깡마른 중년인을 구한 사람은 역시 백발노인이었다. 그의 손에 푸른빛이 감도는 칼이 쥐어져 있었다.

'무서운 도법이다. 결코 뇌강이나 철산호 밑이 아니야.'

五

"어린놈의 무공이 상당하구나! 노부가 손을 쓰게 될 줄은 꿈에도 생각하지 못했다!"

노인의 눈빛은 곤혹스럽게 빛나고 있었다.

비록 깡마른 중년인을 구하기 위해 손을 쓰긴 썼지만, 엄연히 암습은 암습이다. 이는 그의 고고한 자존심에 있을 수 없는 일이었다.

하지만 이번에는 상황이 달랐다. 워낙 다급해서 조금만 지체했어도 깡마른 중년 사내는 기무결의 손에 목숨을 잃을 터였다.

그는 하는 수 없이 도를 뽑아 들긴 들었는데, 기무결의 무공이 생각보다 강해서 떨쳐 내려면 어지간한 방법으로는 어림도 없을 것 같았다. 결국 그는 팔성의 공력으로 도법을 전개했고, 그의 칼은 순식간에 열두 번의 변화를 일으켰다.

어지간한 사람도 그 상황에서는 피하기 어려운 법인데, 기무결은 아홉 개의 도기를 피하고 세 개의 도기에 적중되었다.

하나 그마저도 살짝 피부를 스치고 지나간 것이라 백발노인의 심중에는 놀라움이 이루 말할 수 없을 정도였다.

'중원무림에는 고수가 모래알처럼 많다더니 저 애송이의 무공이 우리 신강쌍괴에 필적한단 말인가?'

놀라운 이름이었다.

신강쌍괴는 신강 일대를 평정한 무서운 고수들이었다.

깡마른 중년 사내의 이름은 부표였다.

그의 대수인은 이미 무림의 일절로 알려질 정도로 그 위력이 무시무시했다. 그는 지금까지 크고 작은 싸움을 백 번이넘게 치렀고, 단 한 번도 패한 적이 없었다. 그런 불패의 고수가 지금 기무결의 손에 패해 턱이 으스러진 상태로 피를 흘리고 있었다. 아마 이 소문이 알려지면 천하가 진동하고도 남을일이었다.

백발노인은 섬전도 화영이다.

그의 도가 한 번 움직일 때마다 벼락이 내리친다고 해서 붙여진 별호였다. 그만큼 그의 도법은 빠르면서도 강력한 위력을 담고 있었다.

하지만 그 안에 천변만화한 변화를 일으켜 육안으로는 분별하기 어려웠다. 때문에 수많은 사람이 그의 도법을 상대했지만, 지금까지 십 초 이상 받아낸 사람이 없었다.

그는 부표와 함께 신강쌍괴로 명성을 떨치고 있었지만, 사실 엄밀하게 말하면 부표는 그의 적수가 아니었다.

신강무림에는 그들보다 더 강한 고수가 적어도 열다섯 명이나 더 있었다.

오사와 십강이 그들인데, 그들이 신강제일의 고수라고 하는 데 아무도 이견이 없었다.

그리고 그들 밑으로 신강쌍괴가 자리하고 있었는데, 화영은 십강에 들어도 충분한 실력을 지니고 있었다.

"무기를 들어라."

노인은 말과 함께 도를 밑으로 축 내려뜨려 자세를 잡았다.

이것이 그에겐 기수식이었는데, 상당히 특이했다. 원래 고수들에겐 기수식을 잡는 것부터 싸움이 시작된다. 기수식이 잘못되면 전신에 허점이 드러나기 때문에 처음부터 불리함을 안고 싸울 수밖에 없다.

하나 기무결은 쉽게 공격해 들어갈 수 없었다.

분명 화영의 몸은 허점투성이였는데, 그것이 또 상당히 묘해서 어떤 자세로든 반격할 수 있는 자세가 갖춰져 있었던 것이다.

'일단 저 자세부터 허물어야 한다.'

정면으로 승부하면 승패를 장담하기 어려워 보였다.

지금 화영은 단순히 기수식을 취했을 뿐인데도 기무결은 숨을 쉬기 어려울 정도로 무섭고 날카로운 예기를 느끼고 있었다.

기무결은 품속에서 장식용으로 산 부채를 꺼내 들었다.

그리고는 부챗살을 하나씩 뜯어냈다.

순식간에 부채는 철저히 해체되었고, 기무결의 손에는 스물네 개의 부챗살이 들려 있었다.

"그것으로 암기를 만들려는 것이냐?"

화영은 기무결이 무엇을 하려는지 의도를 짐작하고 있었다.

한데도 그는 먼저 출수하지 않고 기무결의 행동이 다 끝날 때까지 기다려 주었다.

"암기가 아니라 비도술을 펼칠 것이오."

"호오? 네놈이 비도술까지 알고 있단 말이냐?"

화영의 눈에 이채가 떠올랐다.

비도술은 작은 단도를 암기처럼 던져서 상대를 제압하는 것으로 결코 검법이나 도법과는 달랐다. 그렇다고 암기와는 또 달라서 무림에는 엄연히 비도술의 고수가 있었다.

천무은형잠종대법에는 여러 가지 살인 기예가 있는데, 그 중에는 비도술도 들어 있었다.

"재미있는 놈이군. 이제 끝난 것 같으니 어서 오라."

第七章

단월탈혼도법

一

　화영의 재촉에도 기무결은 서두르지 않았다.

　기무결은 손가락 사이에 부챗살을 몇 개만 끼우고 나머지
는 허리춤에 꽂아 언제든 뽑아 쓸 수 있게 했다.

　그렇게 하고 나니 제법 비도술 같아 보였다.

　그러고 난 다음에야 기무결은 차분하게 가라앉은 눈으로
화영을 쳐다보았다.

　하지만 화영의 입가에는 차가운 조소가 걸려 있었다.

　부채는 장식용으로 만들어진 것이라 부챗살은 모두 대나
무로 만들어져 있었다. 시정잡배들에게는 통할지 모르나 자
신 같은 고수에게는 어림없는 일이었다.

'네놈은 실수하는 것이다.'

기무결이 부챗살을 던지고 몸을 날려 짓쳐 들어온 것은 바로 그 순간이었다.

쉭! 쉬익!

주변을 찢어발길 듯한 날카로운 소리와 함께 두 개의 부챗살이 화영의 얼굴과 단전을 향해 날아들었다.

화영은 고개를 옆으로 젖혀 얼굴로 날아오는 부챗살을 피한 다음 손에 쥐고 있던 도를 들어 빙글 돌렸다.

챙강!

부챗살이 도기를 이기지 못하고 산산조각이 나서 사방으로 흩어졌지만, 신기하게도 강철과 부딪쳤을 때 나는 금속성이 터져 나왔다.

그때만큼은 화영도 크게 놀라지 않을 수 없었다.

평범한 대나무 살이라도 공력을 주입하면 강철로 변할 수 있었다.

하지만 이런 경우는 초절한 내공을 가진 고수여야 하는데, 그렇다면 기무결의 공력이 상당한 수준에 올라 있다는 말인가?

하나 기무결의 공력은 아직은 화후에 이르지는 못해서 부챗살이 산산조각 나는 것을 피하지 못했다.

그래도 기무결은 상관없었다.

그는 처음부터 두 개의 부챗살로 화영을 이길 수 있을 것이라고는 생각하지 않았다.

아주 잠시만이라도 화영의 몸을 묶을 수 있다면 그것으로 그의 계획은 성공이었다.

기무결은 득달같이 달려들어 분심쌍격으로 화영을 공격하려 했다.

하지만 이게 웬걸?

화영이 단숨에 두 개의 부챗살을 막고 앞으로 한 발 내미는 것이 아닌가? 그와 동시에 손목을 교묘하게 움직이며 수중의 도를 좌우로 휘둘렀다.

우르릉!

문득 섬광이 번쩍번쩍 일며 일곱 개의 꽃문양의 도화가 허공에 그려졌다.

실로 놀라운 일이었다. 도화는 순수한 도기의 집합체였다. 도기는 검을 사용할 때 나오는 검기와 같은 것으로 무형의 기운이 유형의 모양으로 만들어진 것이다.

당연히 그 위력은 경천동지할 만큼 대단할 수밖에 없었다. 일검에 산을 가르고 바다를 뒤엎어도 그리 놀랄 일이 아닌 것이다.

무림에서 검기나 도기를 발출하는 고수는 제법 많았지만, 이것을 유형의 모양으로 만들 수 있는 고수는 그리 많지 않았다. 더구나 지금 화영의 도화는 생생하기 짝이 없어서 모르는 사람이 보았다면 그림을 보는 듯한 착각마저 일었다.

하나 공력의 소모가 많아 계속 펼치기는 어려운 공부였다.

화영은 시간을 오래 끌고 싶지 않았고, 빠른 시간 안에 승부를 결정지으려 했다.

'으윽! 위험하다.'

기무결은 기겁했다. 도화가 지척에 다가오기도 전에 온몸이 갈가리 찢길 듯한 고통이 밀려왔던 것이다. 그는 가슴이 섬뜩했다. 지금도 이러한데 도화에 살짝 스치기라도 하는 날엔 온몸이 무사하지 못할 것 같았다.

기무결이 앞으로 짓쳐 들어가던 신형을 황급히 뒤집었다. 그리고는 재빨리 바닥을 박차고 뒤로 몸을 날렸다. 그렇게 앞으로 달려가던 자세 그대로 뒤로 물러서는 것은 결코 쉬운 일이 아니었다. 한데 기무결의 움직임에는 조금의 머뭇거림도 없었다.

화영은 자신도 모르게 탄성을 터뜨렸지만, 이내 도를 휘두르며 기무결의 뒤를 쫓기 시작했다.

이미 선기를 잡은 이후였다.

당연히 이 좋은 기회를 놓칠 리 없었다.

"흥! 도망치지 못한다! 감히 노부의 손에서 벗어날 수 있을 것 같으냐?"

사사사삭!

다시금 화영의 도에서 도광이 충천하고 번쩍하며 섬광이

일었다.

처음 일곱 개의 도화에 다섯 개의 도화가 더해져 기무결의 전신을 덮쳐 왔다. 단순히 열두 개의 도화가 그려진 것이 아니었다. 거기에는 후발선제의 묘리까지 더해져 기무결은 숨을 쉬기도 어려웠다.

후발선제의 수법은 뒤늦게 펼친 공격이 먼저 펼친 수법보다 빨리 도착하는 것을 말한다. 이는 공력이 절정에 이른 고수만이 펼칠 수 있는 상승의 절기이며, 지금처럼 기무결의 공격을 방어하는 상태에서 후발선제의 수법으로 반격한다는 건 가히 경천동지할 일이 아닐 수 없었다.

이것이야말로 바로 그가 신강 일대를 평정할 수 있게 만든 단월탈혼도법이란 도법이었다.

단월탈혼도법은 기세가 워낙 빠르고 가공스러워서 달조차 벨 수 있다고 알려져 있었다. 또한 후발선제의 묘리로 천지사방을 휘몰아치니 사람들은 혼백을 빼앗겨 저항하는 것을 포기했다.

어느 하나만 있어도 도법으로는 적수를 찾기 어려운데 하물며 단월과 탈혼 이 두 가지가 절묘하게 조화를 이루니 단월탈혼도법의 명성은 신강을 넘어 중원까지 진동하고 있었다.

"억?"

기무결은 두 눈이 튀어나올 지경이다.

그의 몸은 지금 허공에 떠 있는 상태였다.

원래는 허공에서 일곱 개의 도화를 막고 바닥에 내려선 다음 다섯 개의 도화를 다시금 막을 생각이었다.

한데 뒤에 있던 다섯 개의 도화가 갑자기 앞으로 나오는 것이 아닌가?

기무결은 대경실색했다. 허공에 떠 있는 상태에서 자세를 바꾸기에는 너무 늦은 뒤였다. 그는 애초의 자세 그대로 부챗살을 던져 일곱 개의 도화를 요격했다.

쾅! 콰르릉!

연이어 폭음이 터지고 지축이 흔들렸다.

충격의 여파로 천장에 금이 가고 좌우에 있던 벽면이 쩍쩍 갈라졌다. 가뜩이나 부표의 대수인에 엉망이 되었던 석실은 당장에라도 무너질 것처럼 위태롭기 짝이 없었다.

기무결은 망설임 없이 천근추의 수법으로 바닥으로 떨어져 내렸다. 그의 신형이 밑으로 확 꺼졌다. 기무결은 두 발이 바닥에 닿기가 무섭게 재빨리 몸을 굴려 다섯 개의 도화를 떨쳐 내려 했다.

하지만 피하는 것만으로는 결코 도화의 영향권에서 벗어날 수 없었다. 이미 다섯 개의 도화가 그의 지척까지 다가온 상태였다.

'피하기에는 이미 늦었다.'

기무결은 이를 악물었다.

그는 양팔을 휘둘러 세 개의 부챗살을 던졌고, 얼굴과 상체를 노리고 덮쳐 오는 세 개의 도화를 요격했다.

하나 너무 가까운 거리에서 폭발한 탓에 기무결의 몸이 휘청거렸다. 기무결은 그 상황에서 몸을 비틀어 하체를 노리고 다가오는 도화를 피했다. 말로 설명하기에는 길지만, 그의 행동은 그야말로 눈 깜짝할 사이에 벌어진 일이었다.

하지만 미처 옆구리 쪽으로 다가오는 도화까지는 피할 수가 없었다. 그래도 이미 각오를 하고 있던 일이기에 기무결은 모든 공력을 옆구리 쪽으로 움직였다.

펑!

"크윽!"

기무결이 충격을 이기지 못하고 뒤로 주르륵 밀려났다.

옷자락이 찢겨져 있고 갈비뼈 몇 개가 부러져 나갔다.

기무결은 당장에라도 울컥하며 속에서 피가 나올 것 같은 것을 꾹 참고 삼켰다.

기무결의 안색이 창백하게 변했다. 부상이 작지 않았지만 그나마 이 정도로 끝난 것이 다행스러울 지경이었다.

그에 반해 화영의 모습은 별로 달라진 것이 없었다.

그는 처음 그 자리에 장승처럼 우뚝 서 있었다. 충격의 여파에도 그는 단 한 발짝도 뒤로 물러서지 않은 것이다.

하지만 화영의 표정도 그리 좋지는 못했다.

열두 개의 도화를 펼쳐 내느라 공력의 소모가 만만치 않았다.

더구나 그들은 세 번의 격돌을 했고, 십여 초식이 눈 깜짝
할 사이에 지나갔다. 특히 화영은 전력을 다했는데도 겨우 기
무결의 갈비뼈 몇 개를 부러뜨린 것이 전부였다. 정상적이었
다면 기무결은 전신이 갈가리 찢겨 시신조차 찾지 못하는 상
태로 변했어야 한다. 그의 도법을 십 초 이상 버텨낸 사람은
기무결이 처음이었다.

二

　그그긍!

　천장이 쩍쩍 갈라지고 돌멩이와 흙먼지가 쏟아져 내렸다.
석실은 금방이라도 무너져 내릴 것처럼 위태롭기 짝이 없다.

　하지만 화영은 여전히 기무결을 마주 본 자세로 눈도 깜빡
이지 않았다.

　석실이 무너져 깔려 죽는 한이 있어도 기무결을 죽이겠다
는 의지의 표현이었다.

　기무결은 눈살을 찌푸렸다.

　오늘 처음 본 사이인데 마치 불구대천의 원한이라도 있는
사람처럼 찰거머리처럼 물고 늘어지는 모습은 가슴이 섬뜩할
지경이었다.

　하나 그 역시 순순히 물러설 마음이 없었다. 그는 당한 기
억밖에 없었다. 만약 화영이 도망치려 했다면 그가 먼저 찰거

머리처럼 붙잡고 늘어졌을 것이다. 이렇게 된 이상 누가 죽든 끝장을 보는 수밖에 없었다.

부표는 한쪽에서 싸움을 지켜보고 있었다. 그의 몰골은 우습게 변해 있었다. 이빨 몇 개가 부러져 어딘가 모자란 사람처럼 보였고, 자신의 소맷자락을 찢어 얼굴을 단단하게 묶어 부서진 턱이 움직이지 않게 고정했다.

그는 생각보다 싸움이 길어지자 내심 초조해지기 시작했다. 이러다간 석실이 무너져 깔려 죽을 것 같았던 것이다.

그가 싸움을 빨리 끝내기 위해 뛰어들려고 하자 화영이 손을 흔들어 막았다.

만약 부표가 싸움에 끼어들면 기무결이 아니라 그와 먼저 싸울 기세였다. 부표는 속으로 욕을 하며 저 멀리 물러섰다. 여차하면 자신만이라도 도망치기 위해서였다.

이번에도 먼저 달려든 사람은 기무결이었다.

그의 양 손가락 사이에는 네 개씩 모두 여덟 개의 부챗살이 끼워져 있다. 허리춤에 남은 건 이제 두 개뿐. 여기서 승부를 보지 못하면 그야말로 끝장이다.

하지만 이번에는 아까와는 전략 자체가 달랐다.

"차앗!"

그가 반대편 벽면을 향해 달리면서 두 개의 부챗살을 던졌지만 곧장 화영에게 달려들지는 않았다.

화영이 도를 흔들어 두 개의 부챗살을 가볍게 처리하는 순간 어느새 기무결은 벽을 타고 갈라진 천장으로 튀어 올라 몸을 뒤집었다.

쉭! 쉭!

또다시 그의 손에서 두 개의 부챗살이 쏟아져 나갔다.

기무결은 움직일 때마다 부러진 갈비뼈에서 엄청난 고통이 밀려왔지만, 이를 악물고 참았다. 여기서 잠시만 머뭇거려도 목숨을 장담할 수 없는 상황이었다.

"흥, 그따위 수작이 통할 것 같으냐?"

화영이 가볍게 코웃음 치며 자신을 향해 다가오는 부챗살을 막고 천장으로 도광을 뿌렸다.

하나 그때는 이미 기무결은 반대편 벽면으로 내려온 상태였다.

쇄애액!

기무결은 바닥에 내려서기 무섭게 또다시 두 개의 부챗살을 던졌다. 그리고는 이번엔 벽을 타지 않고 갈지자 형태로 석실을 내달리며 부챗살을 던졌다.

화영은 도를 휘둘러 부챗살을 막았지만 도무지 정신을 차릴 수가 없었다. 기무결이 잠시도 가만있지 않고 장소를 옮겨 다니고 있었다.

이미 여러 차례 충돌이 있던 탓에 석실 벽면에 있던 등불은 거의 대부분 꺼진 상태.

기무결은 어두워진 주변 환경을 최대한 이용했다. 당연히 그의 움직임은 더욱 빨라졌고, 신출귀몰하게 느껴지기까지 했다.

화영도 뒤늦게 기무결의 생각을 깨닫고 신법을 전개해 정적인 상태에서 동적인 움직임으로 변화시키려고 했다.

하지만 그때는 이미 기무결이 그의 지척까지 다가와 있었다.

화영이 가소로운 표정으로 코웃음 쳤다.

기무결이 이번에도 부표에게 했던 것처럼 근접 거리에서 박투술을 전개하려 한다는 사실을 깨달았지만, 그건 화영을 몰라서 하는 소리였다.

그의 단월탈혼도법은 거리를 따지지 않았다. 먼 거리에서는 도기를 형상화시킨 도화로 상대하면 그만이고, 가까운 거리에서는 빠르고 강렬한 힘을 실은 도법에 천변만화한 변화까지 더해져 그 어떤 박투술도 상대가 되지 않았다.

"기다리고 있었다."

화영이 왼쪽 발을 살짝 뒤로 빼고 기무결과 마주 보는 자세로 움직였다. 그와 동시에 도끼로 장작을 패듯 강하게 기무결의 머리 위로 내려찍었다.

바로 그때였다.

갑자기 기무결의 모습이 그의 눈앞에서 사라지는 것이 아닌가?

천무은형잠종대법의 풍형이었다.

원래 석실은 바람 한 점 없는 밀폐된 공간이었다. 그러다 천장이 조금씩 무너지면서 바람이 들어오기 시작했고, 기무결에게 비장의 한 수가 생긴 것이다.

예전에는 풍형을 펼친 상태에서 초식을 전개하면 바로 몸이 드러나는 단점이 있었다.

하지만 풍형이 이 단계로 들어선 지금은 한층 더 위력이 강해져 아무리 초식을 전개해도 모습이 드러나는 일이 없었다.

三

"억?"

예기치 못한 상황에 화영의 동작이 아주 잠시 멈칫거렸다.

기무결은 바로 그 순간을 놓치지 않고 재빨리 오른쪽으로 돌아 화영의 안으로 파고들어 그의 심장에 두 개의 부챗살을 찔러 넣었다.

순식간에 벌어진 일이었다. 또한 기무결의 모습은 끝까지 보이지 않아서 화영으로서는 심장이 찔리고 나서도 어찌 된 영문인지 이해할 수 없었다.

"커억!'

화영이 믿기지 않는 듯한 표정으로 자신의 가슴을 내려다보았다.

두 개의 부챗살이 심장 깊숙이 들어가 자취를 감춘 상태이다.

그때 기무결의 모습이 서서히 그의 눈에 드러나기 시작했다. 그야말로 엎어지면 코 닿을 거리에 기무결이 있었다.

"머, 멋진 수법이군. 방… 금 전의 그 무공은 무엇이냐?"

"천무은형잠종대법이라 하오."

"여, 역시!"

화영의 입에서 짤막한 탄성이 터졌다.

중원에서 상당히 떨어진 신강에서 활동한 그이지만 천무은형잠종대법의 전설을 모를 리 없었다.

"쿨럭쿨럭! 이, 이제 펴, 편하게 쉴 수 있겠구나!"

화영이 기침을 할 때마다 입에서 검붉은 피가 쏟아졌다.

이미 심장이 박살 난 이상 살아날 가능성은 거의 전무한 상태. 그나마 그의 공력이 워낙 고강해서 바로 죽지 않고 있는 것뿐이다.

하지만 화영의 표정은 죽음을 맞이하는 사람치고는 너무나 평온해 보였다.

그는 차라리 죽고 싶어 했는지도 몰랐다. 산주란 자에게 약점이 잡혀서 그의 명령을 따르는 처지였기 때문이었다.

신강쌍괴는 워낙 개성이 강해서 결코 남의 명령을 따르며 사는 인물들이 아니었다. 하지만 그 약점이 세상에 알려지면 그는 두 번 다시 얼굴을 들고 다닐 수 없다. 부표도 자신과 같은 처지인지는 알 수 없었다. 화영은 차마 물어볼 수 없었다.

"쿨럭! 회, 회주란 자를 조심해라."

화영이 말을 하다 말고 바닥에 허물어졌다.

"회주? 혹시 아까 범죄 자문 책사라는 그자를 말하는 것이
오?"

"아니다. 그, 그가 누구인지는 나도… 자세히는 모른다. 쿨
럭쿨럭! 단지 새외삼패를 일통해서 중원무림을 파멸시키려
한다는 것 정도밖에는……."

새외삼패는 변황과 대막, 그리고 서장을 가리킨다.

기무결은 눈빛을 반짝거렸다. 동영의 인자들은 새외삼패
에 들어가진 않지만, 분명 어떤 식으로든 연관이 있을 것 같
았다.

하지만 기무결이 생각했던 것보다 상황은 더욱 심각했다.

새외삼패는 항상 중원무림의 입장에선 골칫거리나 마찬가
지였다.

그들은 호시탐탐 중원무림을 노리고 있었고, 심지어 몇 번
이나 침공한 적도 있다. 그때마다 중원무림의 힘에 가로막혀
번번이 좌절하고 말았다.

하나 지금까지 새외삼패는 특별히 왕래를 하지 않고 독자
적으로 행동했다. 새외삼패를 하나로 일통하는 건 불가능한
일이고, 막후에서 그들을 조종하는 것 역시 불가능한 일이다.
만약 새외삼패가 진작 뜻을 모아 중원무림을 침공했다면 그
누구도 막을 수 없었을 것이다.

한데 회주라는 자가 지금 그 불가능한 일에 도전하고 있단

다. 그리고 그것을 증명이라도 하듯 새외삼패 중 일패에 속하는 변황무림의 고수인 신강쌍괴가 기무결의 눈앞에 있는 것이다.

"그, 그의 밑에는 무수히 많은 고수가 있다. 회, 회주는 정말 무서운 고수… 천하무림은 그자의 계획대로 파멸을…….."

화영의 목소리가 점점 작아지더니 결국 눈을 뜬 채 숨이 끊어지고 말았다.

기무결은 더 이상 생각할 여유가 없었다.

석실이 무너지기 시작했던 것이다.


부표는 간신히 밖으로 빠져나왔다. 그의 온몸은 흙먼지로 가득했고, 콜록콜록 하며 메마른 기침을 했다. 그가 나온 곳은 객잔에서 백여 장 정도 떨어진 마을 외곽이었다. 석실이 무너지면서 지하 통로까지 덩달아 무너지는 바람에 조금만 꾸물거렸다면 지하 통로에서 생매장당했을 것이었다.

"빌어먹을 늙은이!

그는 화영을 떠올리며 욕설을 내뱉었다.

그들이 같이 손을 써서 기무결을 상대했다면 시간을 대폭 절약했을 것이고, 그들 두 명 모두 석굴이 무너지기 전에 빠져나왔을 것이다.

하지만 지금은 부표 혼자였다.

그는 더 이상 꾸물거릴 시간이 없어서 중간에 혼자만 탈출

했던 것이다. 때문에 그는 화영이 기무결의 손에 죽는 모습을 보지 못했다.

지하 통로 입구에 누군가 그를 기다리고 있었다.

바로 범죄 자문 책사인 청년이었다.

그는 부표의 몰골을 보고 눈살을 찌푸렸다.

이건 그의 예상을 뒤엎고도 남을 일이었다.

사실 그는 확인할 것이 있어서 미리 지하 통로를 빠져나왔다.

당연히 기무결의 목숨은 신강쌍괴가 알아서 잘 처리하리라 믿고 있었다.

기무결이 산해관 지부에서 철패강을 인질로 잡은 건 이미 알고 있는 일이었다.

하나 그건 무공을 사용했다기보다는 꾀를 써서 상대의 이목을 흩뜨렸다고 봐야 옳았다. 때문에 신강쌍괴도 너무 과하다 생각하고 있었다.

"어찌 된 일이오?"

"바, 방심했을 뿐이오. 놈의 박투술이 하도 괴이해서 그만……."

청년에겐 그따위 변명은 통하지 않았다.

"그자의 무공이 그대의 대수인이 안 통할 정도로 높을 줄은 몰랐군."

부표의 얼굴이 수치심으로 새빨갛게 변해 있었다. 다행스러운 것은 날이 어두워 잘 보이지 않는다는 것이다.

"화영은 어찌 되었소?"

"빠져나오지 못했소."

"그렇다면 그놈과 함께 땅속에 묻혔겠군."

"지하 통로까지 무너졌으니 지금쯤 염라대왕 앞에 있을 것이오."

청년은 가볍게 고개를 끄덕였다.

천하제일의 고수가 와도 저 속에서 살아남는 건 불가능했다.

이것으로 그의 유일한 상극인 기무결의 문제가 해결된 셈이다.

자칭 범죄 자문 책사를 자처하고 나선 그였지만, 기무결은 그와 비슷한 부류였다.

어떤 면에서는 기무결의 능력이 더 뛰어났다. 청년이 정보력을 총동원해서 기무결의 신상 내력을 조사했지만 어떤 것도 알아내지 못했기 때문이었다.

청년은 자신보다 더 신분 세탁에 정통한 자는 본 적이 없다. 더구나 신강쌍괴를 이길 수 있는 능력까지 가지고 있으니 더욱 껄끄러울 수밖에 없었다. 살려두면 두고두고 후환이 될 자였다. 그나마 이쯤에서 기무결을 죽일 수 있었으니 왠지 필생의 적을 제거한 기분마저 들었다.

'역시 놈을 이곳으로 유인한 것은 탁월한 계책이었다.'

그의 눈빛이 사악하게 웃고 있었다.

"확인할 것이 있다더니 그건 어찌 되었소?"

"흐흐, 일이 아주 재미있게 돌아가고 있소. 그대도 한번 보지 않겠소?"

그는 부표를 이끌고 곧장 마을로 들어가 객잔으로 향했다.

객잔 주변에는 많은 사람이 몰려들어 무너진 정원을 구경하고 있었는데 그들 중에 눈에 띄는 사람들을 발견했기 때문이다.

"흐흐, 소림사의 땡중들이 몰려왔군."

"어디에 소림사의 중들이 있단 말이오?"

부표는 신강에서 주로 활동했기 때문에 소림사의 명성은 많이 들었지만 직접 만나본 적은 없다. 그래도 소림사의 고수들이라면 빡빡 민 머리에 계인이 찍혀 있다는 것쯤은 알고 있다.

하나 그중에는 단 한 명의 중도 없었던 것이다.

"소림사에는 속가제자들이 있소. 그들은 머리를 밀지 않았고 정식으로 입문한 제자도 아니지만, 가끔 엄청난 자질을 가지고 칠십이종절예를 전수받는 천재들이 있소."

대표적인 예가 바로 당금 소림사의 일대제자인 초인성이다.

그는 소림사 장문인인 각료 대사의 제자였다.

초인성은 정식으로 불문에 귀의하고 싶어 했지만, 오히려 각료 대사는 인연이 아니라며 그를 직전제자로 받아주지 않았다. 그래도 그의 자질을 높게 평가해서 자신의 절예를 아낌없이 전수했고, 후기지수 중에서 단연 발군의 솜씨를 자랑하고 있다.

"흐음, 저기에 초인성이 있단 말이오?"

부표의 시선이 건장하면서도 준수하게 생긴 청년의 얼굴에 쏠려 있다. 나이는 겨우 이십 대 후반 정도에 불과했지만, 그의 몸에서 흘러나오는 기세는 상상을 초월할 정도로 엄청난 것이었다.

"그렇소. 그 옆에 있는 자들 역시 소림사의 속가제자요. 역시 우리의 흔적을 찾아 여기까지 왔군."

"그럼 우리의 거점 중 하나가 발각되었으니 큰일 아니오?"

"흐흐, 아무리 조사를 해봐야 소림사가 알아낼 수 있는 건 아무것도 없소. 소림사의 속가제자들을 불러들인 것도 바로 나니까 말이오."

최근 소림사의 움직임이 심상치 않았다.

얼마 전에 구파일방의 수뇌들을 불러 회동을 갖더니 속가제자들이 천하 각지에 퍼져 무언가를 조사하기 시작했다.

그것이 이상해서 은밀하게 정보를 흘려주었더니 떡하니 이곳에 나타난 것이다.

이것으로 소림사가 무엇을 조사하는지 알게 된 것이다. 제법 시도는 괜찮았다. 땡중들이 우르르 몰려다니면 눈에 띌 것을 우려해 속가제자들에게 맡긴 것이지만 상대가 범죄 자문 책사라는 것이 불행이라면 불행한 일이었다.

사실 이곳은 그들의 조직에서 확보한 수많은 거점 중 하나일 뿐이었다. 하나 없어진다고 무너질 그들의 조직이 아닌데다 이미 기무결에게 존재가 발각되어 없애려던 참이었다. 다행스럽게도 없애기 전에 소림사와 구파일방의 의도를 확인할 수 있었으니 손해만 입은 건 아니었다.

"그렇다면 동창의 제독이 며칠 자리를 비운 것이 소림사와 밀접한 관련이 있겠군."

청년의 입가에 교활한 웃음이 떠올랐다.

동창이 아무리 용을 쓴다고 해도 그의 상대는 아니었다. 하물며 범죄에 있어서는 소림사든 구파일방이든 두려울 것이 없었다.

四

"사형, 객잔을 샅샅이 조사했지만 증거가 될 만한 것은 아무것도 없습니다."

초인성 주변으로 다섯 명의 사제가 다가왔다. 그들이 객잔을 조사하고 점소이들을 심문할 때 초인성은 정원을 조사했다. 이건 지진으로 무너진 것이 아니었다. 그렇다면 정원 주변만 함몰될 리가 없었다.

더구나 이 함몰은 땅 밑에 은밀한 지하 석실이 있다는 것을 증명하고 있었다.

하지만 모든 증거가 땅속에 묻혀서 그 안에 무엇이 있었는지는 확인할 방법이 없었다.

"으음, 아무래도 우리가 당한 것 같다."

"예? 그게 무슨……."

"우리가 얻은 정보가 어쩌면 놈들이 일부러 흘린 것일지도 모른다는 소리다."

초인성은 어쩌면 정원이 함몰된 것도 놈들이 증거를 인멸하기 위해 일부러 그런 게 아닌지 의심하고 있었다.

"그건 더 이상한 말이군요. 그자들이 왜 정보를 일부러 흘린단 말입니까?"

"우리가 무엇을 하고 있는지 알아보려는 것이겠지."

초인성의 얼굴이 무겁게 가라앉았다.

그들은 암거래 시장을 쫓고 있었다. 소림사에서 구파일방의 수뇌부가 회동을 가졌지만 아주 극비리에 진행된 것이기에 누구도 모르는 일이다. 심지어는 소림사의 제자들도 구파일방의 수뇌부가 회동을 했는지조차 모르고 있을 정도였다.

한데 그걸 암거래 시장에서 알고 있다면 사태가 생각보다 심각했다.

더구나 이번 일로 구파일방에서 자신들을 쫓고 있다는 걸 알게 되었다면 그들은 더욱 꽁꽁 숨어버릴 게 뻔했다.

"이게 과연 암거래 시장이 할 수 있는 일인가?"

초인성은 불현듯 의구심이 들었지만, 아무 증거도 얻지 못한 상황이기에 그 어떤 심증도 불확실했다.

그때, 일단의 무리가 그들에게 다가왔다.

그들은 모두 일곱 명이었고, 허리에는 매화 문양의 수실이 걸린 검을 차고 있었다. 특히 그들의 선두에서 걷고 있는 인물은 다소 키가 작고 마른 몸매에도 불구하고 전신에 흐르는 기도가 가히 산악을 뒤덮을 정도였다.

초인성은 그를 보고 급히 포권을 취했다.

"예가 늦었습니다. 호 대협께서 직접 오실 줄은 몰랐습니다."

"나도 소림의 미래라는 초 소협을 보니 반갑기 그지없군그래."

호풍은 화산파의 십대장로 중 한 명으로 당금 장문인의 사제이기도 하다.

하지만 그의 성취는 상당한 것이어서 검법으로만 놓고 보면 장문인을 뛰어넘은 지 오래였고, 십대장로 중에서도 세 손가락 안에 들었다.

"그나저나 어찌 되었나?"

"아무래도 한발 늦은 것 같습니다."

"흐음. 그럴 리가……. 우리가 정보를 얻은 것이 이틀 전의 일이고, 쉬지 않고 달려왔거늘."

"어쩌면 놈들이 일부러 정보를 흘린 것일지도 모릅니다."

순간 호풍의 안색이 심각하게 변했다.

이건 전혀 생각하지 못한 일이었다.

동창의 제독이 사건을 의뢰했을 때부터 결코 만만한 일이 아니라고 생각하고 있었지만, 그래도 내심 구파일방이 뛰어들기에는 너무 호들갑을 떠는 건 아닌지 의구심이 들었다. 어쩌면 당연한 일인지도 몰랐다. 상대는 겨우 암거래 시장에 불과했다.

한데 이게 웬걸?

그들은 이번에 단단히 뒤통수를 얻어맞은 꼴이었다.

"동문 밖에 아미파의 고수들이 기다리고 있네. 일단 그들과 합류한 다음 차후 계획을 논의하기로 하세."

형산은 언제나 변함이 없었다. 이름 모를 산새들이 아름다운 소리로 지저귀고 있었고, 숲은 울창하고 싱그러운 기운을 발산하고 있었다.

문득 하나의 인영이 형산을 오르고 있었다.

그는 바로 지하 석실 붕괴 속에서 간신히 빠져나온 기무결이었다.

第八章

신창양가장의 의뢰

一

그야말로 천우신조라 할 수 있었다.

지하 통로는 붕괴되어 빠져나갈 수 없는 상황이었고, 그가 들어온 입구는 굳게 닫혀 있었다.

한데 그 입구가 부표의 대수인에 충격을 받았다가 다시 화영의 도기에 부서져 닫힌 문이 열린 것이다.

기무결이 몸을 날려 빠져나오는 순간 지하 석실이 와르르 붕괴되었다. 그때만큼은 제아무리 철담목석의 기무결이라 해도 가슴이 철렁하고 손발이 덜덜 떨릴 수밖에 없었다. 조금 만 늦었어도 그는 땅속에 파묻혀 지금쯤이면 지옥으로 향하고 있을 것이다.

기무결이 무림맹으로 돌아온 것은 두 달 만의 일이었다.

왠지 집에 돌아온 듯한 기분이다. 원래 자기 집이 제일 편하듯 기무결은 이제야 두 다리 쭉 뻗고 잘 수 있을 것 같았다.

원래는 풍운산장으로 돌아가야 했다.

아직 간세들을 척결하지 못했고, 철예군과 만나기로 한 약속도 남아 있었다.

하지만 이젠 자신이 없어도 철예군 혼자서도 잘 해결할 수 있을 것이었다.

그녀와 만나기로 한 것도 그랬다. 처음부터 결혼할 것도 아니었고 괜히 만났다가 정이라도 들면 큰일이었다. 남녀 관계는 애초에 아주 약간의 여지도 남겨두지 않는 것이 가장 좋았다.

그렇다고 아예 고민이 없는 것은 아니었다.

철산호가 어떻게 나올지 몰라 걱정이었다.

그는 자신의 비밀을 모두 알고 있는 유일한 사람이었다. 만에 하나 풍운산장으로 돌아오지 않은 걸 괘씸하게 생각하고 비밀을 폭로하면 모든 것이 다 끝장이었다.

"말이라도 하고 올 걸 그랬나?"

이렇게 된 이상 보물을 찾아서 바로 중원을 뜨는 수밖에 없었다.

문제는 시간이었다.

무슨 놈의 서원이 무림맹에 붙어 있는 꼴을 못 봤다. 기무결은 천무서원에 들어온 이후부터 주구장창 밖으로만 나돌고 있었다. 생각할수록 이가 갈린다.

그나마 다행인 것은 방학이 끝나려면 아직 한 달 정도의 시간이 더 남아 있고, 그전에는 다른 일을 시킬 염려가 없다는 것이다.

하나 세상만사 자신의 뜻대로 안 되는 것이 만고의 법칙.

무림맹으로 돌아온 첫날부터 자신의 생각과는 전혀 다른 방향으로 전개될 줄은 꿈에도 생각하지 못했다.


무림맹은 변한 게 없었다.

연무장에서는 무공을 수련하는 무사들의 모습이 보였고, 일꾼들은 한여름의 뙤약볕 아래 땀을 흘려가며 열심히 일하고 있었다.

봉황소축에는 한여름의 절경이 펼쳐지고 있었다. 소나무 잎은 푸르고 사방에서 매미가 울어대고 있다. 화원의 꽃들은 만개해 진한 꽃 내음으로 진동했다.

영영은 죽었다가 살아 돌아온 사람이라도 본 것처럼 기무결의 손을 잡고 엉엉 울었다.

기무결은 묘한 감정에 휩싸였다. 평생을 혈혈단신으로 살아온 그에게도 이제 자신을 걱정하고 울어줄 사람들이 생긴 것이다.

화은설은 얼굴이 빨갛게 변해 있었다. 기무결을 다시 만났다는 생각에 감정이 북받친 나머지 얼굴이 붉게 변했으리라.

'그녀도 나를 걱정했구나!'

기무결은 왠지 흐뭇한 마음이 들었다.

세상에서 가장 아름다운 여인이 자신을 위해 눈물을 글썽거리고 있으니 천하의 기무결이라 해도 콧등이 찡해질 수밖에 없었다.

하지만 기무결은 자신이 단단히 오해하고 있다는 사실을 꿈에도 모르고 있었다.

화은설의 표정을 잘 보면 감정이 북받친 것이 아니라 억지로 화를 참고 있다는 것을 알 수 있을 것이다.

그녀는 이 순간만을 얼마나 벼르고 있었는지 몰랐다.

원래 그녀는 무림맹으로 돌아온 직후부터 기무결이 걱정되어 잠도 제대로 못 잘 정도였다.

그렇다고 앉아서 기무결이 돌아오기만을 기다리고 있을 수도 없는 노릇.

무림맹에는 정보를 다루는 비각이라는 조직이 있는데, 화은설은 비각에 찾아가 풍운산장의 동정을 알아보았다. 마침 제갈사란 문제 때문에 비각에서는 풍운산장과의 전쟁을 대비해 정보를 모으고 있는 중이었다.

비각에서 들은 정보는 그야말로 충격적인 내용이었다.

기무결은 풍운산장이 위조 전표 때문에 위기를 겪고 있다고 했지만, 풍운산장에서 위조 전표가 나왔다는 정보는 전혀 없었고, 오히려 철예군의 약혼자가 갑자기 등장해서 비각에서도 꽤 놀란 눈치였다.

"흥! 이 사기꾼! 솔직히 얘기하시지!"

화은설이 앙칼진 표정으로 기무결의 귀를 세게 잡아당겼다.

"아악! 갑자기 왜 이러는 거예요?"

"네가 거짓말로 우릴 속였잖아! 위조 전표 문제를 해결하러 간다고? 흥흥!"

"나 참, 어디서 무슨 얘기를 들었는지는 모르겠지만, 나는 정말 위조 전표를… 아악!"

화은설이 더욱 귀를 세게 잡아당겼다.

"계속 거짓말할래? 위조 전표를 해결하러 간다는 인간이 철예군과 약혼을 했어? 그것도 태중혼약으로?"

"그, 그걸 어떻게 알았대?"

발 없는 소문이 이렇게까지 빠를 줄이야.

기무결은 돌아온 첫날부터 봉변 아닌 봉변을 당해야 했다.

하지만 기분이 그리 나쁜 것은 아니었다.

화은설은 거짓말 운운하며 그를 질책하고 있지만 이건 영락없는 질투였다.

"헤헤! 내가 철예군과 약혼했다는 말이 그렇게 신경이 쓰인 겁니까?"

"뭐, 뭐라고?"

"상황이 그렇잖아요. 이건 뭐, 바람을 피운 것도 아닌데 꼭 현장을 들킨 사람처럼 취조를 당하니 원."

흠칫!

그제야 화은설도 자신이 질투에 휩싸인 나머지 앞뒤 상황을 판단하지 않고 무작정 기무결의 귀부터 잡아당겼다는 것을 깨달았다. 그녀는 왠지 부끄러운 마음에 얼굴이 붉어지고 말았다.

"오, 오해하진 말아줘. 철예군과 약혼을 했으면 했다고 말할 것이지 거짓말로 우릴 속일 필요까지는 없었잖아. 세상에서 제일 나쁜 게 거짓말이야, 거짓말! 그러니 내가 화가 나겠어, 안 나겠어?"

기무결이 히죽 웃었다.

"예, 예, 그러시겠죠."

왠지 화은설의 마음을 확인한 것 같아서 고생하고 온 보람이 느껴진다.

"흥! 그렇게 얼렁뚱땅 넘어갈 생각 하지 마!"

화은설은 여전히 여기서 끝낼 생각이 없었다.

"그래서 그 철가 계집하고 약혼을 했다는 거야, 안 했다는 거야?"

二

단단히 벼르고 있는 사람은 화은설뿐만이 아니었다.

뇌강은 아예 이를 갈고 있었다.

기무결의 잔꾀에 속아 고생한 것을 생각하면 치가 떨렸다.

그는 보물이고 나발이고 기무결이 돌아오면 단칼에 죽일 생각이었다.

그리고 드디어 기무결이 찾아왔다는 말을 듣고 한걸음에 달려갔다. 그는 이제 사람들이 보든 말든 신경 쓰지 않고 기무결을 죽이려고 했다.

하지만 기무결은 이미 뇌강이 그럴 줄 짐작하고 있었다.

그는 보물이 무림맹 어딘가에 묻혀 있다고 털어놓았고, 뇌강은 멈칫하고 말았다.

"그, 그게 정말이냐?"

"그게 아니라면 소생이 왜 무림맹에 있겠습니까?"

"으음."

듣고 보니 일리 있는 말이었다.

세상에 이렇게 공교로운 일이 또 있을까?

그렇게 찾아다니던 보물이 정작 자신이 평생을 지내온 무림맹 안에 숨겨져 있을 줄이야.

더구나 무림맹을 지을 때 바닥을 다지고 지반 공사를 했기 때문에 이곳 어딘가에 보물이 숨겨져 있다면 진즉 발견되어야 했다.

뇌강은 이번에도 기무결이 자신을 속이려는 것인지 진위

여부를 파악하기 위해 예리한 눈빛으로 기무결을 노려보았다.

하나 기무결은 거리낄 것이 없기에 그의 눈빛은 잔잔하기 이를 데 없었고, 얼굴 표정 또한 조금의 변화도 없었다.

'이놈의 표정이나 눈빛을 보면 정말이란 소린데……'

이미 마음을 비우고 포기한 일이지만 이곳 어딘가에 보물이 있다면 말이 달라진다.

그의 눈빛에 다시금 탐욕의 빛이 일렁이기 시작했다.

"보물의 위치는 찾았느냐?"

"아직 찾는 중입니다."

"흥! 또 거짓말을 하는구나! 네놈이 무림맹에 들어온 지 얼마나 되었는데 아직 못 찾았다는 것이 말이 되느냐?"

"뇌 장로님도 생각을 해보십시오. 소생은 무림맹에 들어온 이후 계속 밖으로만 나돌았습니다."

"으음, 그것도 그렇군."

"더구나 보물지도에 그려진 것과는 달리 무림맹을 지으면서 주변 지형이 변해 있더군요."

"그 생각을 못했군. 무림맹 건설이 엄청난 대공사였으니 당연히 지형이 달라질 수밖에. 노부가 확인해 볼 테니 당장 보물지도를 꺼내보아라."

"그건 유감이네요. 이미 소생이 파기해서 없습니다. 대신 소생의 머릿속에 남아 있지요."

"그, 그걸 정말 없앴다고?"

"뇌 장로께서 소생을 죽이려고 하는데 그럼 어쩝니까?"

"에잉!"

뇌강은 못마땅한 표정으로 혀를 찼다.

"지금이라도 네놈의 머릿속에 있는 것을 그려보아라."

"그건 좀 어렵습니다. 보물지도를 손에 넣으면 소생을 죽이려구요?"

"그럼 어쩌자는 것이냐?"

"동맹을 맺죠. 소생이 보물이 묻힌 장소를 그려줄 테니까 같이 찾는 것으로 하고 보물을 절반씩 공평하게 나누는 겁니다."

"오냐, 좋다."

뇌강은 잠시 생각해 보는 척하다 고개를 끄덕였다.

그로서는 결코 손해 보는 장사가 아니었다. 그렇다고 기무결의 말을 전부 믿는 것도 아니었다. 이미 몇 번이나 속은 적이 있기에 마음 한구석에서는 의심하고 있었다.

하지만 그는 이미 자신이 속고 있다는 것은 꿈에도 생각하지 못했다.

기무결은 이미 보물이 묻혀 있는 장소를 찾은 상태였고, 보물도 그와 절반으로 나눌 생각이 없었다.

'클클! 아무튼 단순해서 속여먹는 재미가 있다니까.'

기무결은 전혀 다른 장소를 그려주고 뇌강의 시선을 다른 쪽으로 분산시켜 놓은 다음 자신은 그사이 보물을 찾아 유유히 사라질 생각이었다.

무림은 또 한 번 진동했다.

소문의 진원지는 당연히 산해관이었다.

화은설이 죽어가던 산해관 지부를 살려내고 또 화씨세가의 무공을 익힌 자가 나타나 혼천만겁구절진을 뚫었다는 소식에 온 무림이 들끓었다.

그 과정에서 대양선단을 위기에서 구해준 일과 단신으로 풍운산장과 당당히 맞서 싸운 일은 아예 신화가 된 지 오래였다.

이제 더 이상 화씨세가는 몰락해서 존재 자체도 찾기 어렵던 그런 곳이 아니었다. 화씨세가는 조금씩 예전의 성세를 회복해 가고 있었고, 사람들의 뇌리 속에 강렬하게 자리 잡기 시작했다.

결국 제갈무외가 그토록 우려하던 일이 현실로 벌어진 셈이다.

그러던 와중에 기무결이 무림맹으로 돌아왔다는 소식이 전해졌다.

그는 기무결을 불러서 조사를 할까 하다 계획을 바꾸었다. 추궁한다고 사실대로 대답할 리도 만무하지만, 시기가 조금 애매했다.

괜히 맹주가 화씨세가의 인기를 시기해서 애먼 사람 잡는다는 소리를 들을 게 뻔했다.

예전부터 화씨세가와 제갈세가의 사이가 그리 좋지 않은데다 그때의 영향이 지금 화은설과 제갈사란에게까지 이어지고 있었다.

제갈무외는 제갈사란을 불러서 한 가지 임무를 맡겼다.

"란아, 네가 해줘야 할 일이 있구나."

제갈사란은 왠지 의욕이 앞섰다.

제갈무외가 이런 식으로 사사로이 부탁한 것은 처음이었다.

"무슨 일인지는 모르지만 믿고 맡겨만 주세요. 실망시켜 드릴 일은 없을 거예요."

"기무결이라는 자 말이다."

"예. 그가 왜요?"

"그자가 오늘 돌아왔다는구나."

"그런가요?"

제갈사란은 별 흥미 없는 척 대답했지만 사실 은근히 신경이 쓰였다.

화은설이 갖고 있는 건 모두 빼앗아야 직성이 풀리는데 오히려 화은설에게 계속 뭔가를 빼앗기고 있는 기분이었다.

"그래서 하는 말이다. 이번 산해관 지부에서 너는 일을 하지도 못하고 돌아오지 않았느냐?"

"그, 그렇죠."

"그러니까 그걸 핑계로 화은설에게 접근해서 기무결이 누구인지, 화씨세가와는 어떤 관계인지 알아내 주면 고맙겠구나."

"예에?"

전혀 예상하지 못한 말에 제갈사란은 화들짝 놀랐다.

방금까지 자신만만해하던 표정은 온데간데없이 사라지고 울상이 되었다.

이건 무조건 할 수 없는 일이었다.

그녀는 산해관 지부에서 기무결에게 신경질을 부리고 마구 무시하는 말을 내뱉었다.

한데 지금에 와서 갑자기 친한 척 군다면 너무나 속보이는 행동 같아서 싫었다. 자신을 미친년 취급하지 않으면 다행일 것이다. 더구나 기무결에게 접근하려면 화은설에게도 아쉬운 소리를 해야 한다.

"그, 그건 안 돼요. 화은설과의 관계를 아시면서 그게 가능할 리 없잖아요."

"어려운 건 알고 있다. 그래도 지금 화은설에게 접근해서 기무결과 화은설의 관계를 알아낼 사람은 너밖에 없구나."

"하, 하지만 저는 기무결을 마부라고 무시하고 놀려댔단 말이에요."

제갈사란이 울상이 되었다.

차라리 죽으면 죽었지 화은설과 기무결에게 먼저 아쉬운 소리를 할 수는 없었다.

三

그 시각 화은설은 누군가에게 자신의 세가를 도와달라는 부탁을 받고 있었다.

같은 천무서원 원생이면서 한때는 화씨세가의 가신을 맡고 있던 세가였다.

화씨세가가 몰락하면서 화씨세가를 떠받치고 있던 가신들이 모두 뿔뿔이 흩어졌는데, 화은설을 찾아온 사람도 바로 그런 경우였다.

당연히 감정이 남아 있을 수밖에 없었다.

화은설은 처음엔 냉정하게 거절하려 했지만 상황이 너무나 절박했다.

사실 평소였다면 누군가 그녀를 찾아와 도움을 부탁한다는 건 있을 수 없는 일이었다.

하나 화은설은 더 이상 재앙의 성녀가 아니었다.

망해가던 산해관 지부가 엄청난 흑자로 돌아선 사건은 하나의 전설이 되어버렸다.

그로 인해 화은설은 아직 행정 시험이 끝난 것도 아닌데 월반이 확정된 상태였다.

더구나 인신매매단을 찾아낸 능력하며 몇 개의 단서로 중개인의 존재를 밝혀낸 것까지.

이제 누구도 화은설을 무시하지 못했다.

오히려 화은설의 능력이라면 풍전등화에 빠진 세가를 구해낼 수 있을 것만 같았다.

"제발 언니, 저희를 도와주세요!"

화씨세가가 한창 무림에서 명성을 떨칠 때는 수많은 세가와 문파가 기꺼이 가신을 자청했고, 하루에도 수천 명의 식객이 몰려들었다.

하지만 화진악이 수치스럽게 죽으면서 식객은 발길을 뚝 끊었고, 가신을 자청하던 세가와 문파들도 썰물 빠지듯 떠나갔다.

신창양가장 역시 그런 경우였다.

누군가는 그들을 기회주의자라고 욕할지 모르지만, 당시 신창양가장은 선택의 여지가 없었다. 당시에는 화씨세가와 계속 관계를 맺는 것이 부끄럽게 느껴질 정도였다. 더구나 침몰하는 배에 같이 남아 있으면 결과는 너무 뻔하기 때문이었다.

그 많던 세가와 문파는 단 하나도 남지 않았고, 화씨세가는 이제 겨우 명맥만 유지하고 있었다. 수백 년이 넘는 전통의 명문 정파이던 화씨세가가 몰락한 것은 불과 십 년도 채 되지 않은 일이었다.

화은설은 어린 나이였지만 세상의 인심이 얼마나 야박하고 매서운지 느낄 수 있었다.

그녀는 화씨세가를 매정하게 버리고 떠나간 가신들을 속으로 얼마나 원망했는지 몰랐다.

하나 그녀는 언제고 자신의 손으로 쓰러진 가문을 다시금 일으켜 세우리라 다짐했고, 떠나갔던 가신들도 돌아오게 만들겠다고 맹세했다.

그리고 지금 그녀에게 첫 번째 기회가 찾아온 것이다.

양수란의 표정은 정말 간절하기 짝이 없었다. 그녀도 양심이라는 것이 있는데, 화은설을 찾아와 도움을 구하는 것이 그리 쉬운 일은 아니었다. 어찌 보면 염치가 없다고 해야 옳을 일이다.

하지만 그녀에겐 선택의 여지가 없었다.

신창양가장은 풍전등화에 빠져 멸문의 기로에 놓인 상태였다.

너무나 복잡하게 실타래가 꼬여 있어서 스스로의 힘으로는 어떻게 풀 수조차 없는 상황이었다.

이대로라면 이백 년 가까이 이어온 신창양가장이 하루아침에 무너질 수밖에 없었다.

"흑흑! 언니, 제발 저희 세가를 도와주세요."

화은설은 처음엔 쉽게 이해가 되지 않았다.

그도 그럴 것이, 신창양가장은 독특한 창법으로 당금 강호에서 혁혁한 무명을 떨치고 있는 곳으로 형문산 일대에서는 최고의 명문세가로 통하고 있었다.

비록 신창양가장이 구파일방이나 육문칠가의 명성에는 미치지 못하지만 그렇다고 무림에서 그들을 무시할 수 있는 사람은 그리 많지 않았다.

한데 신창양가장이 하루아침에 무너질 수 있다니 그게 가능한 일인지 의구심이 들었다.

"일단 진정을 좀 해봐. 무슨 사연인지 자세히 얘기를 해야 도와주든 말든 할 거 아냐?"

그때까지도 화은설은 감정이 완전히 풀리지 않아서 목소리가 다소 딱딱했다.

그건 양수란도 충분히 이해할 수 있는 부분이었다. 오히려 화은설이 자신의 이야기를 들어준다는 것이 더 고맙고 미안할 뿐이다.

그녀는 천무서원에서 화은설과 마주칠 때마다 번번이 피해 다니기 일쑤였기 때문에 이렇게 얼굴을 쳐다보고 이야기한 게 언제인지 기억조차 나지 않았다.

그래도 화진악이 죽기 전에는 자주 어울려 놀던 기억이 나긴 하는데, 그게 십 년도 더 지난 일이라 지금은 아련한 꿈처럼 느껴졌다.

양수란이 눈물을 닦고 입을 열기 시작했다.

"고마워요, 언니. 사실은……."

## 四

양수란의 이야기는 대략 이랬다.

어느 날 누군가 무림맹의 호북성 지부로 찾아와 증인 보호를 요청했다.

대개 증인 보호는 무언가 엄청난 사건의 진실을 증언하는 대신 새로운 신분을 얻고 평생 생활비를 받으며 살아가는 것을 말한다.

얼핏 보면 간단한 문제 같아도 새로운 신분은 황실의 도움을 받아야 가능한 일이기에 무림맹 독단으로 결정할 수 있는 일이 아니었다. 때문에 무림맹으로서는 특수한 일이 아니고서는 증인 보호를 실행하지 않는 것을 원칙으로 하고 있었다.

하지만 이번엔 상황이 달랐다.

오히려 아주 특수한 경우에 해당한다고 할 수 있었다.

그도 그럴 것이, 증인 보호를 요청한 사람이 다름 아닌 독심호리였던 것이다.

독심호리는 천하의 각종 정보를 팔아먹는 정보 사냥꾼이었다. 그는 마황성과 관련된 정보를 무림맹에 파는가 하면 무림맹과 관련된 정보를 마황성에 팔기도 했다. 돈이 되는 것이라면 이중 간세 노릇도 마다하지 않았다.

그로 인해 독심호리는 마황성과 무림맹 모두에게 쫓기는 신세였는데, 돌연 무림맹 지부에 나타나 증인 보호를 요청한 것이다.

무림맹은 크게 긴장했다. 독심호리가 마황성과 관련된 엄청난 사건을 폭로할 것이라 생각하고 그를 무림맹의 본단으로 데려오려 했다.

여기에 투입된 곳이 신창양가장을 비롯해서 남궁세가와 서문세가, 그리고 신도세가였다. 그들은 각각 정예 요원을 십여 명씩 차출하고 독심호리를 무림맹이 있는 형산까지 호송했다.

호북성에서 형산까지는 삼사 일이면 충분히 도착할 수 있는 거리였다.

또한 곳곳에 은밀하게 숨어 있는 무림맹의 안가를 이용해서 움직이면 적들의 포위망에 걸려들 걱정도 없었다.

한데 이게 웬걸?

어떻게 된 일인지 그들이 이동할 길목에 적들이 매복해 있다가 급습을 한 것이 아닌가?

누구도 예상치 못한 상황에 그들은 속수무책으로 당하고 말았다.

삼대세가의 제자들은 살아남은 사람이 거의 없었다. 그나마 살아남은 사람도 크게 다쳐서 멀쩡한 사람을 찾기가 어려웠다. 그에 반해 신창양가장의 제자들은 다친 사람은 있어도 죽은 사람은 몇 명 되지 않았다.

이것만 해도 이상한 일이지만 이건 시작에 불과했다.

그날 밤에 경계를 선 곳이 신창양가장이었고, 상부와 연락을 취해 이동 경로를 결정한 쪽도 신창양가장이라는 사실이었다.

"그럼 독심호리는 어찌 되었어?"

"그날 적의 기습 공격에 죽었어요."

"으음. 난감한 일이네. 혹시 독심호리가 밝히려던 것이 무엇인지 알 수 있을까?"

어쩌면 그것이 중요한 단서가 될 것 같은 느낌이 들었다.

하나 양수란은 고개를 흔들었다.

"그건 저희도 몰라요. 독심호리는 무척 중요한 일이기 때문에 무림맹 본단에 도착하면 말하겠다고 했으니까요. 저희는 정말 결백해요."

천하무림은 신창양가장을 적과 내통한 배신자로 생각했다.

여기서 적이란 당연히 독심호리가 폭로하려 한 마황성일 가능성이 컸다.

남궁세가와 서문세가, 신도세가에서 가만있지 않았다. 그들은 이번 작전에 적지 않은 제자를 투입했고, 그중에는 방계 후손도 있었는데 불행히도 적들의 기습 공격에 죽은 것이다.

더구나 그들은 마황성과 내통한 신창양가장의 가증스러움

을 용서할 수가 없었다.

남궁세가와 서문세가, 신도세가는 최후통첩을 보냈다. 다가오는 보름까지 만천하에 진실을 밝히지 않으면 신창양가장의 기왓장 하나 남겨두지 않고 쓸어버리겠다는 것이 바로 그것이다.

그렇게 시간이 흘러 어느덧 보름까지는 며칠 남지 않은 상태이다.

무림에 또 한 차례 풍운이 일었고, 천하무림인들의 이목이 신창양가장으로 쏠렸다. 이제 전쟁이 며칠 남지 않은 것이다.

五.

"확실히 오해받기 딱 안성맞춤인 상황이네."

화은설이 살며시 아미를 찌푸리며 중얼거렸다.

가문이 멸문지화를 당할 상황에 처했으니 양수란의 심정이야 오죽하겠는가?

그녀가 절박한 심정을 안고 자신을 찾아온 이유를 이제야 알 것 같았다.

신창양가장은 누명을 벗지 못하면 당장 남궁세가나 서문세가, 그리고 신도세가만이 문제가 아니었다. 적게는 무림맹을 비롯해서 구파일방과 육문칠가, 그리고 많게는 전 무림이 신창양가장을 외면할 것이 뻔했다.

마치 천하가 화씨세가에게 등을 돌렸듯 말이다.

하지만 화은설은 문득 이상한 생각이 들었다.

당시 모든 정황이 신창양가장에게 불리하게 돌아간다 해도 그것은 모두 심증일 뿐이다. 확실한 증거는 하나도 없고 몇 가지 심증밖에는 없다. 신창양가장이 적들에게 정보를 흘려주었다고 단정할 수는 없었다.

그때 양수란이 힘겹게 입을 열었다.

"사, 사실은 그게… 그러니까… 저희가 상부와 연락하던 전서구에 문제가 있었어요."

"그건 또 무슨 말이지?"

"그, 그게 정말 귀신이 곡할 노릇이에요."

이 대목에서만큼은 양수란도 뭐라고 말로 설명하기 어려웠다.

사실 이게 결정적이라 할 수 있었다.

그동안의 증거는 모두 심증일 뿐 혐의를 입증할 만한 구체적인 증거는 될 수 없었다.

하나 전서구는 달랐다.

거기에 신창양가장이 적들과 내통했다는 내용이 적혀 있었기 때문이었다.


초곡 근처에 매복해 있을 테니 그곳 안가로 유인하라.

하지만 이건 명백히 가짜였다.

원래 신창양가장은 상부의 지시를 받고 이동 경로를 정했다.

그리고 상부에서는 전서구를 통해 명령을 하달하곤 했다.

신창양가장은 누명을 벗기 위해 사람들에게 전서의 내용을 확인시키려고 했는데, 황당하게도 그 안이 전혀 다른 내용으로 변해 있었던 것이다.

화은설도 황당한 표정을 지었다.

"그게 가능한 일이야? 혹시 누군가 전서구를 바꿔치기한 건 아니고?"

"바뀌었을 리 없어요. 전서구는 계속 제가 가지고 있었고, 처음 받았을 때와 종이 재질이나 필체가 똑같았거든요."

양수란은 울고만 싶었다.

누군가 신창양가장에게 죄를 뒤집어씌우려고 함정을 꾸몄다는 것은 알겠는데, 도대체 무슨 수작을 부린 것인지 짐작조차 할 수 없었다.

이건 말도 안 되는 일이었다. 어떻게 종이 재질과 필체를 똑같이 하면서 그 안에 적혀 있는 글자만 바꿀 수가 있단 말인가?

신창양가장은 도저히 빠져나갈 방법이 없었다. 그들은 완벽한 음모에 걸려든 것이다.

아니, 정말 너무나 완벽해서 그녀는 혹시 신창양가장 안에 배신자가 있는 건 아닌지 의심이 들 정도였다.

그녀는 마지막이라는 마음으로 화은설을 찾아왔지만 이내 후회가 밀려왔다. 화은설이 최근 들어 여러 가지 문제를 해결하고 있다지만, 이번 문제는 설령 신이라 해도 해결하기 어려운 것이었다.

화은설은 선뜻 뭐라고 답변해야 좋을지 몰랐다.

그녀도 도와주고 싶은 마음은 굴뚝같았지만, 이건 자신의 능력 밖의 일이었다. 그녀가 나선다고 신창양가장의 누명을 벗겨줄 수 있을 것 같지가 않았다.

오히려 지금의 상황에선 신창양가장이 가장 유력한 범인이었다.

심증이면 심증, 물증이면 물증, 모든 것이 명백한 상황에서 양수란의 말만 믿고 무턱대고 나설 수는 없었다.

"어, 언니, 아무래도… 어렵겠죠?"

양수란의 얼굴에 절망의 그림자가 드리워졌다.

마지막 희망이라고 생각한 화은설마저 해결할 수 없는 일이라면 이젠 끝장이었다.

신창양가장에겐 더 이상 아무런 희망도 없었다.

사람들에게 적극적으로 해명해도 누구 하나 믿어주는 사람이 없었다.

이제는 남궁세가와 서문세가, 그리고 신도세가와 맞서 싸워서 최후의 자존심이라도 지키는 것이 유일한 길이었다.

"그래도 언니, 제 얘기를 들어주셔서 고마웠어요. 사실 제가 언니였으면 절대 얼굴조차 마주 대하기 싫었을 거예요."

그녀가 마지막으로 감사 인사를 하고 밖으로 나가려는 순간이었다.

화은설은 문득 양수란의 간절한 얼굴에서 예전 자신의 절박하던 모습을 떠올렸다.

지금은 여러 가지 일을 해결해서 월반도 하게 되었고 재앙의 성녀에서 천무서원의 원생들에게 인정받는 그녀가 되었지만, 불과 몇 개월 전까지만 해도 그녀는 그녀가 생각해도 대책이 없었다.

그녀는 어쩌면 기무결이라면 이 일을 해결할 수 있지 않을까 하는 생각이 들었다.

'그래, 기무결이라면 틀림없이 해결할 수 있을 거야.'

第九章

또 하나의 고구오대무공

一

"잠깐!"

화은설이 양수란을 불러 세웠다.

"어쩌면… 어쩌면 방법이 있을지도 몰라."

"그, 그게 정말이에요?"

양수란이 돌아가다 말고 깜짝 놀란 얼굴로 화은설에게 돌아왔다.

"정말 저희 누명을 벗겨줄 수 있는 거예요?"

"그건 아직 확답할 수는 없지만 일단 노력은 해볼게."

화은설이 해결하는 것이 아니었다.

그녀도 기무결에게 먼저 물어보고 반응을 봐야 하기 때문에 아직은 뭐라고 확실하게 대답할 수 있는 성질의 것이 아니었다.

하지만 기무결이 도와주면 아예 불가능한 일은 아닐 것이다.

예전에도 기무결은 불가능할 것 같던 대양선단의 고서화 사건을 너무도 쉽게 해결하지 않았던가?

이번 신창양가장의 문제는 대양선단과는 비교할 수 없을 만큼 힘들고 어려운 문제지만 왠지 기무결이라면 해결할 수 있을 것 같은 생각이 들었다.

"고마워요, 언니!"

양수란의 두 눈에서 뜨거운 눈물이 주르륵 흘러내렸다.

그녀는 감격해서 어쩔 줄 몰라 했다.

평소 가깝게 지내던 곳도 남궁세가와 서문세가, 그리고 신도세가의 눈치를 보며 자신들의 도움을 외면했다.

이런 것이 세상인심이리라.

하긴 그들의 마음을 모르는 바는 아니었다. 남궁세가는 육문칠가의 한곳이면서 수백 년 동안 정파무림을 지탱해 온 전통의 강호이기 때문이었다.

특히 최근에 와선 남궁세가의 힘이 더욱 강해졌다.

모든 사람이 남궁세가가 역대 최고의 전성기를 구가하고 있다고 인정할 정도였다.

그도 그럴 것이, 남궁세가의 현 가주인 남궁학은 정천구룡의 일인이면서 실질적으로 무림맹을 움직이는 사람이었다.

사정이 이러하니 누군들 신창양가장을 도와주려 하겠는가?

그들은 서로 눈치를 보며 전전긍긍했고, 신창양가장과 왕래하던 사이라는 것이 알려지는 것조차 부담스러워했다.

하지만 신창양가장은 누구도 원망할 수 없었다.

과거에 그들도 화씨세가를 배신하고 떠났기 때문이었다.

이를 두고 인과응보라 하는 것인가?

그러니 화은설의 행동이 감동스러울 수밖에 없었다.

그녀는 남궁세가의 위세 따위는 전혀 생각하지 않았다. 또한 신창양가장이 과거에 화씨세가를 배신하고 떠났던 것도 포용하고 있었다.

양수란은 세가가 멸문지화를 당하기 직전이 되어서야 진정한 친구가 누구인지 깨달았지만 그때는 이미 너무 늦은 뒤였다.

"제발 도와주라. 응, 응! 너는 해결할 수 있잖아."

화은설은 아까부터 계속 기무결의 뒤를 졸졸 따라다니며 졸라대고 있었다.

기무결은 정신이 하나도 없었다.

"어이구, 내가 무슨 신인 줄 압니까? 증거 하나 없는 상황에서 무슨 수로 신창양가장의 결백을 입증하냐구요."

이건 무조건 안 되는 일이었다.

물론 전서구의 내용이 바뀌었다는 말을 들었을 때는 얼핏 떠오르는 것이 있었다.

하지만 그걸 사실대로 얘기했다가는 무림맹에 돌아온 지 채 하루도 되지 않아 또다시 밖으로 나갈 게 뻔했다.

어디 그것뿐인가?

남궁세가를 비롯해서 여러 문파와 이해관계가 걸려 있는 문제였다.

기무결은 더 이상 무림의 일에 개입하지 않기로 마음을 굳게 먹었고, 남궁세가 등과도 굳이 마찰을 일으킬 이유가 없었다.

하나 화은설이 계속 따라다니며 불쌍한 표정을 지으며 애걸복걸하고 애교도 부리며 귀찮게 하는 통에 미치고 팔짝 뛸 지경이었다.

"신창양가장인지 뭐시껭이인지 화씨세가를 배신한 자들이라면서요? 그럼 차라리 더 잘된 일 아닙니까?"

덩실덩실 춤이라도 추라고는 하지 않아도 도와주는 것만큼은 반대하고 싶었다.

그렇게 의리도 없고 염치도 없는 자들은 폭삭 망해도 싸다.

"나도 사람인데 왜 그런 생각이 안 들겠어? 하지만 내 어깨 위에는 세가의 운명이 걸려 있다구."

세가의 제자와 세가의 주인은 차이를 넘어 차원이 다른 얘기였다.

그녀는 보통 사람들과는 삶의 무게가 달랐다.

세가의 부활을 이루려면 감정대로 하고 싶어도 그럴 수 없는 부분이 많았다. 자신들을 배신하고 떠난 사람들까지 포용할 줄 아는 아량과 배포를 갖는 것이 중요했다.

결국 설득을 포기한 화은설이 빙그레 웃어 보였다.

"휴우! 내가 너무 무리한 부탁을 했나 봐. 사실 너라면 무슨 일이든 해결할 수 있을 거라고 생각한 것이 잘못이지. 이번 일은 내가 생각해도 불가능한 일인데 말이지."

"잘 생각한 겁니다. 그럼 도와주지 않기로 마음을 바꾼 거죠?"

"그럴 리 없잖아. 화씨세가는 한 번 한 약속은 목에 칼이 들어와도 지킨다구."

세가를 일으켜 세우려면 이번 기회를 놓칠 수 없었다.

어쩌면 자신이 전혀 도움이 되지 않을 수도 있었다.

그래도 해보지도 않고 지레 포기할 수는 없었다.

"그래서 지금 혼자서라도 신창양가장으로 가겠단 말입니까?"

"그것이 바로 신의라는 것이니까."

"끙!"

기무결은 자신도 모르게 한숨을 내쉬었다.

차라리 아까처럼 계속 떼를 썼다면 거절을 해도 그나마 마음이 편할 것이다.

하지만 화은설이 혼자서라도 가겠다고 하면 그 역시 마음이 불안해서 견딜 수가 없을 것 같았다.

二

최근 무림인들 사이에서 자주 오르내리는 이름이 있다면 바로 형문산일 것이다.

요즘 어딜 가든 형문산이란 이름이 빠지지 않았다.

어떤 사람은 이해하기 힘들어 고개를 갸웃거릴 수도 있다.

그도 그럴 것이, 중원에는 중원오악이라 불리는 다섯 개의 산이 있고, 불교의 성지로 불리는 네 개의 명산, 그리고 도교의 성지로 불리는 네 개의 명산이 있다. 그 외에도 많은 산이 있지만 형문산은 그리 알려진 산이 아니었다.

그럼에도 형문산이 화제의 중심이 된 것은 최근 천하무림을 충격과 경악으로 몰아넣은 사건 때문이었다.

신창양가장이 적과 내통하다 발각되었고, 남궁세가와 서문세가, 그리고 신도세가가 비밀 임무를 수행하다 막심한 피해를 입고 임무를 실패했다는 소문이 바로 그것이었다.

그로 인해 형문산은 전운에 휩싸인 상태였다.

사람들은 숨을 죽인 채 형문산을 주시했고, 과연 상황이 어디까지 발전할지가 초미의 관심사가 되었다.

"정말 전쟁이 벌어질까?"

"아마 그렇지 않을까? 남궁세가와 서문세가, 그리고 신도세가에서 선전포고를 한 상태이고 정예 고수들을 속속 형문산으로 보내고 있지 않은가?"

"그건 그렇긴 하지만, 그래도 전쟁이 그리 쉽게 나겠나? 그들은 모두 무림맹의 한 축을 담당하는 명문세가일세. 원래 무림맹은 세력 다툼이나 알력 다툼 때문에 문파들 간의 싸움을 엄격히 금하고 있지 않나?"

"자넨 하나만 알고 둘은 모르는군. 이건 단순한 세력 다툼이나 알력 다툼이 아닐세. 신창양가장이 적과 내통한 증거가 확실하게 밝혀진 이상 무림맹이 전쟁에 끼어들지 않는 것만으로도 충분히 인내하고 있다는 뜻이지."

"헛헛! 그것참, 열 길 물속은 알아도 한 길 사람 속은 모른다고 하더니 이백 년 이상 형문산 일대에서 최고의 명문세가로 통하던 신창양가장이 마황성과 손을 잡고 무림맹을 배신할 줄 누가 알았겠나?"

이유는 아무도 모르고 있었다.

그래서 더 사람들의 눈과 귀가 형문산으로 향하는지도 몰랐다.

"그나저나 자넨 남궁세가나 서문세가에서 누굴 보냈는지 들은 얘기 없나?"

"글쎄. 병력을 보냈다는 소문은 들었는데 누가 오는지는 아직 이렇다 할 소문은 없더군."

"신창양가장의 기왓장 하나 남겨두지 않고 쓸어버리겠다고 했으니 삼대세가에서 상당한 병력을 보낼 거라는 소문은 파다하게 퍼져 있지."

이것이 사람들 사이의 초미의 관심사 중 하나였다.

때문에 벌써부터 많은 사람이 잔뜩 기대를 품고 형문산 주변으로 몰려들고 있었다.

그때, 포구에서 일단의 무리가 올라오고 있었다.

이곳은 형문산으로 들어가는 입구 중 하나였다.

원래 형문산은 양자강에 인접해 있기 때문에 강북에서 오려면 배를 타고 건너오는 편이 빨랐다.

근처 주루에서 한창 술을 마시며 떠들어대던 사람 중 하나가 그들을 알아보고 소리를 질렀다.

"앗! 저길 보게!"

"어디, 어디?"

"저기 포구에서 올라오고 있는 사람들이 남궁세가의 고수 아닌가?"

"어? 정말 그렇군."

얼핏 보아도 오십 명이 넘었다.

어찌 보면 전쟁을 치르기에는 적은 인원이라 할 수도 있지만, 사람들은 이내 그들의 면면을 보고 대경실색하고 말았다.

가장 앞에서 병력을 이끌며 걷고 있는 중년인의 모습이 단연 눈에 띄었다.

거대한 철탑을 연상시킬 정도로 체구가 장대하고 눈빛이 예리한 자였다. 그의 눈빛이 얼마나 예리한지 족히 십 장은 떨어진 주루에서조차 그의 눈빛에 오금이 저릴 정도였다. 세상에 눈빛만으로도 상대의 기를 죽일 수 있는 사람은 오직 한 명, 바로 냉심무정 남궁민밖에 없었다.

그는 남궁세가에서 배출한 최고의 고수 중 한 명이었다.

일각에서는 당금 가주인 남궁학보다 그의 무공이 더 높다고 말하는 사람도 있었다.

그 증거로 남궁학이 장남이고 남궁민은 오남 이녀 중 막내인데 전대 가주와 장로들은 그의 자질과 능력을 높이 평가해서 그에게 가주 자리를 넘겨주려고까지 했던 것이다.

하지만 남궁학도 당대 보기 드문 자질을 가진 기재였고, 순리를 어기면서까지 동생에게 가주의 자리를 넘겨주면 언제고 화근이 될지도 모른다는 생각에 결국 남궁세가 가주 자리는 남궁학에게로 돌아갔다.

그런 전대 가주와 장로들의 고심 때문이었을까?

남궁학과 남궁민은 서로 조화를 이루어가며 남궁세가를 무림 최고의 가문으로 올려놓는 데 혁혁한 공을 세웠다. 남궁학이 비록 정천구룡의 한 명으로 엄청난 명성을 떨치고는 있지만, 남궁민의 도움 없이는 불가능한 일이었다.

"남궁세가에서 신창양가장의 주춧돌 하나도 남겨놓지 않

고 뿌리째 뽑으려고 한다는 소문이 사실이었군."

사람들은 그제야 사태가 생각보다 훨씬 더 심각하다는 것을 깨달았다.

하지만 사람들의 놀라움은 거기서 끝이 아니었다.

남궁세가의 병력 중에 십 대 후반에서 이십 대 후반까지의 준수하고 아름다운 남녀 일곱 명이 유독 눈에 띄었다. 그들은 하나같이 신태가 비범하고 자세가 안정되어 보는 이로 하여금 절로 탄성이 터져 나오게 했다.

남궁세가에는 열 명의 청년 영웅과 일곱 명의 젊은 여협이 있었다.

이들을 일컬어 십준칠화라고 불렀는데, 그들의 능력이 얼마나 뛰어난지 남궁세가의 백년대계라는 별명이 따라붙고 있었다.

지금 십준칠화 중 일곱 명이 이번 형문산 여정에 따라나선 것이다. 그야말로 소수 정예라고 할 수 있었다. 이 정도 능력의 소유자라면 오십여 명으로도 충분히 일개 문파나 방파를 상대하고도 남을 것이다.

하물며 아직 서문세가와 신도세가의 병력은 보이지도 않은 상황이다.

남궁세가에서 이 정도의 정예를 파견했다면 서문세가와 신도세가는 두말할 나위도 없을 터.

사람들은 약속이나 한 듯 서로의 얼굴을 쳐다보며 침을 꼴깍 삼켰다.

"이건 싸움이 아니라 학살이다. 신창양가장은 이미 멸문을 당한 것이나 마찬가지다."

三

따가닥따가닥!

사두마차 한 대가 좁은 소로를 벗어나 관도로 들어섰다. 저 멀리 형문산의 웅장한 모습이 보이고 있었다.

바로 무림맹을 떠나 신창양가장으로 향하고 있는 화은설 일행이었다.

마차를 몰고 있는 사람은 기무결이었다.

그는 차마 화은설 혼자 사지로 보낼 수 없어서 따라나서긴 했지만 연신 고개를 흔들고 있었다.

자신이 생각해도 이게 무슨 짓인지 어이가 없을 정도였다.

하나 이미 일은 벌어진 뒤였다. 보물은 언제고 다시 찾을 수 있지만, 화은설은 한 번 죽으면 다시는 볼 수 없었다.

마차 안에는 영영도 있었다.

그녀는 또다시 위험한 곳을 찾아간다며 투덜거렸지만, 그렇다고 무림맹에 남겠다고 고집을 부리지도 않았다. 입으로는 항상 불만불평을 늘어놓는 게 버릇이긴 해도 그녀는 죽어도 화은설과 같이 죽겠다는 것이 생활신조였기 때문이었다.

그녀들 맞은편에는 양수란이 조용히 앉아 있었다.

하지만 그녀의 눈동자는 두려움과 절망으로 심하게 흔들리고 있었다.

이곳까지 오는 동안 적지 않은 사람을 볼 수 있었다. 특히 신창양가장이 가까울수록 관도가 사람으로 붐볐다. 개중에는 소문을 듣고 싸움을 구경하기 위해 몰려든 사람도 있고, 남궁세가와 서문세가, 그리고 신도세가의 사람들도 있었다.

남궁세가의 고수들만 해도 충분히 절망적인 상황이었다. 양수란은 처음 남궁민을 보았을 때 손발이 떨렸고, 다시 십준칠화 중 일곱 명의 신진 고수를 보았을 때는 눈앞이 캄캄해지는 경험을 해야 했다.

남궁민은 남궁세가에서 다섯 손가락 안에 드는 초절정고수였다. 거기에 십준칠화는 최근 한창 주가를 올리고 있는 신진 고수들이었다. 이것만 보아도 남궁세가에서 이번 일에 얼마나 집중하고 있는지를 알 수 있었다.

한데 서문세가와 신도세가에서 그에 못지않은 정예 고수들을 차출해서 보낸 것이다.

서문세가의 고수는 육십 명이 넘었고, 신도세가는 사십 명 정도 되었다. 인원만 보면 신창양가장에 비할 바가 아니지만, 하나같이 고수가 아닌 사람이 없고 무림에서 상당한 명성을 얻고 있는 자들이었다.

고수들 간의 싸움은 단순한 숫자 놀음이 아니었다.

얼마나 많은 절정고수가 있느냐에 따라 승패가 확연하게 갈리게 되는데, 그런 의미에서 삼대세가의 연합 세력은 신창양가장보다 몇 배는 더 많은 절정고수가 있는 셈이었다.

이 정도의 힘이라면 신창양가장이 아니라 그보다 힘과 세력이 더 강한 문파라 해도 당해낼 재간이 없을 터였다.

그들은 정말로 자신들이 공언한 대로 신창양가장의 기왓장 하나도 남겨두지 않고 쓸어버리려고 하는 것 같았다.

양수란은 벌써부터 두려움에 온몸이 떨려올 지경이었다.

놀라기는 화은설 역시 마찬가지였다.

그녀가 생각하던 것보다 상황이 더 심각했다.

며칠 남지 않은 시간 안에 의혹을 풀고 누명을 벗겨주지 못하면 오백 명이 넘는 신창양가장의 식솔은 전부 죽을지도 몰랐다.

하나 기무결의 생각은 전혀 달랐다.

이건 결코 오해니 화해니 그런 차원의 문제가 아니었다.

원래 그는 전서구가 바뀌었다는 얘기를 들을 때부터 어느 정도 짚이는 것이 있었지만, 이곳에 오면서 자신의 생각을 확신할 수 있었다.

'역시 그렇게 된 것이군.'

그래도 아직 의혹은 남아 있었다.

이것을 풀지 못하면 이번 일이 벌어진 이유를 알아낼 수 없을 것이고, 그럼 문제도 해결할 수 없을 터였다.

"워워!"

기무결이 마차를 세웠다.

"왜 그래? 무슨 일 있어?"

화은설이 창문 밖으로 고개를 내밀고 물었다.

이제 한 시진 정도만 더 가면 신창양가장이 나오기 때문이다.

"양 소저에게 물어볼 것도 있고 배도 고프고. 겸사겸사 쉬었다 가죠."

그러고 보니 마차가 멈춰 선 곳이 객잔 바로 앞이었다.

"그, 그래요."

양수란이 엉겁결에 고개를 끄덕였다.

하지만 속으로는 고개를 갸웃거렸다.

문득 기무결의 정체가 궁금해졌다.

그녀도 천무서원에 다니는 원생이기 때문에 기무결을 몇 번 본 적이 있었다.

그녀가 알기로는 분명 기무결은 화은설의 전용 마부였다.

한데 화은설과 기무결은 티격태격 싸우기 일쑤였다.

이건 마부와 주인 사이가 아니라 사랑하는 연인 사이 같았다.

더구나 화은설은 정작 중요한 결정을 내릴 때가 되면 반드시 기무결에게 의견을 구했고, 영영은 기무결이 내린 결정에는 아무런 이의를 제기하지 않았다.

'도대체 이게 무슨 일이람.'

양수란은 도깨비에 홀린 듯한 기분이다.

四

점심시간이 약간 지난 시간인데도 객잔에는 사람들로 북적거렸다.

모두 외지에서 온 사람들로 싸움 구경을 하기 위해 몰려든 것이 틀림없었다.

아니나 다를까, 그들은 남궁세가에서 누가 나왔다느니 서문세가의 고수들을 보았다느니 쉴 새 없이 떠들어대고 있었다.

객잔은 빈자리를 찾아볼 수 없었다.

때마침 구석진 곳에서 음식을 먹던 사람들이 일어나는 바람에 기무결 일행은 운 좋게 자리에 앉을 수 있었다.

"뭔가 알아낸 것이 있는 거지?"

대충 몇 가지 음식을 주문하기 무섭게 화은설이 물었다.

그녀는 아까부터 묻고 싶은 것을 가까스로 참고 있었다. 그동안의 경험으로 보아 기무결이 아무 생각 없이 쉬었다 가자고 할 리 없었다.

"전서구지? 전서구가 어떻게 바뀌었는지 벌써 알아낸 거야?"

서당 개 삼 년이면 풍월을 읊는다고, 화은설은 이제 기무결의 눈빛만 봐도 대충 무슨 내용인지 감이 왔다.

"그, 그게 정말인가요?"

양수란도 화들짝 놀라 기무결을 향해 반문했다.

기무결이 고개를 끄덕였다.

"그리 대단한 수법은 아닙니다. 오히려 알고 보면 허탈할 정도로 간단한 것이죠."

기무결이 빙그레 웃으며 종이 한 장을 양수란 앞으로 내밀었다. 거기에는 신창양가장이라는 글자가 적혀 있었다.

"당시 상황을 똑같이 재현해 보죠."

"예에?"

"이걸 전서구라고 생각하고 그때 보관하던 그대로 해보십시오."

"아, 알았어요."

양수란은 종이를 받아 들고는 한 번 접었다. 그리고는 자신의 왼쪽 소매 속에 집어넣었다.

"그때 처음 전서구를 받아 든 사람이 누구였습니까?"

"남궁세가 사람이었어요. 주변에는 서문세가와 신도세가 사람들도 있었고 신창양가장의 사람들도 있었죠."

"좋습니다. 소생을 그때 그 남궁세가 사람으로 생각하고 종이를 건네주십시오."

"꿀꺽!"

화은설과 영영은 괜히 긴장이 되었다.

그녀들은 마른침만 꼴깍 삼키고 눈도 깜빡이지 않은 채 기무결을 주시했다.

양수란도 당시 상황이 떠오르는지 얼굴이 딱딱하게 굳어 있다.

하지만 이내 마음을 가라앉히고 그때 했던 것처럼 똑같이 품속에서 종이를 꺼내 기무결에게 건넸다.

기무결은 종이를 받아 접힌 것을 펴서 사람들 앞에 펼쳐 보였다.

화은설과 영영은 잔뜩 기대하고 있었다. 아까 신창양가장이라고 했으니 이번엔 똑같은 필체로 전혀 다른 글씨가 적혀 있어야 한다.

하나 이게 웬걸?

기무결이 펼쳐 보인 종이에는 여전히 신창양가장이라는 글씨가 적혀 있는 것이 아닌가?

화은설이 실망한 목소리로 말했다.

"애걔, 이게 뭐야? 바뀐 게 전혀 없잖아?"

"후후! 그거야 당연하죠."

"그게 무슨 소리야?"

"당시 상황하고 똑같지 않은 장면이 있기 때문입니다."

이번엔 양수란이 어리둥절한 표정을 지었다.

"아니에요. 저는 분명 그때와 똑같이 왼쪽 소매에서 전서구를 꺼내서 건네주었어요."

잘못될 리 없었다. 거의 한 달이 다 되어가는 일이지만 양수란은 어제 일처럼 모든 것을 생생하게 기억하고 있었다.

하나 기무결은 자신 있는 표정으로 고개를 흔들었다.

"그게 아닐걸요?"

기무결의 말에 양수란이 잠시 생각에 잠겼다. 그러다 갑자기 떠올랐다는 듯 그녀의 표정이 밝아졌다.

"아, 맞아요. 지금 생각하니 당시 전서구를 건네주다 상대의 실수로 바닥에 떨어뜨렸어요."

"후훗! 이렇게 말입니까?"

기무결이 종이를 바닥에 떨어뜨렸다가 허리를 굽혀 주워 들었다.

그리고 다시 종이를 펼쳐 보였을 때는 똑같은 필체에 전혀 다른 글자가 적혀 있었다.


화씨세가


五


기무결은 문서 위조라면 천하에서 따라올 사람이 없을 정도로 최고의 능력을 가지고 있다.

그런 그도 종이 재질과 필체가 똑같으면서 그 안에 적힌 글씨만 바꿀 수는 없었다.

물론 무림에는 특수 약물이 있어서 종이에 바르면 기온의 편차에 따라 숨겨진 글자가 나오게 하거나 아니면 물이 묻어야 숨겨진 글자가 나오게 하는 방법이 있었다.

이런 방법은 대개 군부나 황실에서 기밀 내용이 적의 손에 들어가지 않게 사용하는 것이긴 하지만, 널리 알려져 있어서 무림인들의 눈을 속일 수 있을 정도는 아니었다.

더구나 아무리 특수 약물을 사용했다고 해도 숨겨져 있는 글자가 나타나는 정도일 뿐이지 원래 있던 글자가 사라지고 전혀 다른 내용이 나타나게 할 수는 없었다.

그래서였다.

전서구에 특수 약물이 발라져 있는 게 아니라면 결론은 하나였다.

바로 눈앞에서 전서구를 바꿔치기하는 것이었다.

워낙 황당한 얘기라 누구도 쉽게 생각할 수 없는 일이었다. 하물며 남궁세가에서 이 같은 수법을 사용하리라고 누가 생각이나 하겠는가?

기무결도 처음엔 이 방법밖엔 없다고 생각하면서도 쉽게 결론을 내리지 못했다.

남궁세가에서 이런 비열한 수법을 사용해 가면서까지 신창양가장에게 죄를 뒤집어씌울 이유가 없는 것이다. 신창양가장과 남궁세가는 상당히 멀리 떨어져 있어서 직간접적으로라도 이권 문제가 발생할 수 없었다. 그렇다고 신창양가장이 남궁세가에 밉보인 적도 없어서 그야말로 믿는 도끼에 발등을 찍힌 격이었다.

기무결도 그래서 확인이 필요했다.

과연 그의 생각처럼 남궁세가는 일부러 전서구를 바닥에 떨어뜨렸고, 그 과정에서 전서구를 바꿔치기한 것이다.

이것으로 범인이 누구인지 명백히 밝혀진 셈이었다.

양수란은 멍한 표정으로 기무결의 얼굴을 쳐다보았다.

말이 나오지 않았다.

신창양가장에서도 의문을 풀기 위해 온갖 사기 수법을 조사했지만 아무것도 알아내지 못했다.

한데 마부라는 사람이 당시 상황을 두 눈으로 본 것처럼 정확히 알고 있고 범인의 수법까지 알아맞히니 놀라지 않을 수 없었다.

두 눈으로 보고도 믿기 어려운 일이었다.

양수란이 화은설을 쳐다보았다.

그녀의 표정은 기무결의 정체가 뭐냐고 묻고 있었다.

화은설이 풀썩 웃으며 어깨를 으쓱거렸다.

그녀도 이미 몇 번이나 기무결의 능력에 놀란 적이 있어서 양수란의 표정이 재밌게 느껴진 것이다.


"당장 가서 따져 물어야겠어요."

양수란이 분연한 표정으로 자리에서 벌떡 일어섰다.

남궁세가는 천하의 존경받는 명문세가이다. 그들이 이런 비열한 방법을 동원해 가면서까지 신창양가장을 벼랑 끝으로 몰아넣을 이유가 없었다.

하나 기무결이 고개를 좌우로 흔들었다.

"가봐야 얻는 건 전혀 없고, 오히려 사태만 더 악화시킬 것입니다."

"그게 무슨 말이죠?"

"말 그대로입니다. 신창양가장은 이미 마황성과 내통했다고 만천하에 알려져 있습니다. 그럼 남궁세가에서 사용한 계략을 폭로해 봐야 믿어줄 사람이 없다는 것이죠."

아마 마지막 발악이라 생각할 것이 뻔했다.

그럼 여론은 더욱 악화될 것은 불을 보듯 뻔한 일.

더구나 남궁세가에서 전서구를 바꿨다는 결정적인 증거도 없었다. 그저 심증일 뿐이다. 그렇다면 남궁세가에서 비밀을 은폐하기 위해서라도 정해진 시간보다 앞당겨 공격을 할지도 몰랐다.

"이유가 뭐야? 남궁세가에서 전서구를 바꿔가면서까지 그러는 이유가 있을 거 아냐?"

화은설이 격앙된 목소리로 소리쳤다. 다행히 객잔은 워낙 사람들이 와자지껄하게 떠들고 있어서 그녀의 목소리가 묻혀버렸다.

기무결이 살짝 얼굴을 찌푸렸다.

남궁세가에서 범행을 했으니 동기가 있어야겠지만, 적어도 주어진 정보에 따르면 전혀 그럴 만한 이유가 없었다.

그렇다면 단 하나.

무림의 특수성을 생각하면 그것밖에 없었다.

"혹시 신창양가장에서 최근에 기보나 기병, 아니면 무공비급을 얻은 적이 있습니까?"

"그, 그걸 어떻게?"

양수란은 깜짝 놀랐다.

신창양가장의 장주인 양철기가 서장에 갔다 돌아오는 길에 비를 피하려고 동굴에 들어갔다가 철로 만들어진 상자 하나를 얻은 적이 있다. 그것이 반년 전 일이다. 철 상자 안에는 여러 개의 양피지가 있었는데, 하나같이 사람만 그려져 있었다. 그것만 보고는 아무것도 얻는 게 없었다. 지난 반년 동안 신창양가장은 양피지의 비밀을 풀려고 노력했지만, 단지 사람이 그려진 그림 속에서 무언가를 발견하기란 불가능했다.

"아빠는 그게 고금오대정종무공 중 하나라고 생각하세요."

양수란도 더 이상 숨기지 않았다.

순간 화은설이 소스라치게 놀랐고 기무결도 두 눈을 크게 치떴다.

특히 기무결의 놀라움은 더욱 클 수밖에 없었다. 그도 그럴 것이, 고금오대마학 중 하나라는 천무은형잠종대법을 익히지 않았는가?

고금오대마학이 천하무림을 피로 물들이는 끔찍한 악마의 무공이라면 그 반대로 고금오대정종무공은 천하를 구할 신의 무공이라 알려져 있다.

하지만 아쉽게도 고금오대마학과 고금오대정종무공은 실전된 지 수백 년이 넘은 것들이라 지금은 전설로만 남아 있었다.

"혹시 소생이 그것들을 확인해 볼 수 있겠습니까?"

"예? 그, 그건……."

"지금 신창양가장이 위기를 벗어나는 방법은 두 가지뿐입니다. 양피지를 넘겨주든가, 아니면 그것들이 고금오대정종무공이 아니라는 것을 증명하는 것이죠. 어떤 것을 선택하겠습니까?"

그제야 양수란도 자신이 잠시 오해했다는 것을 깨닫고는 미안한 표정을 지었다.

이미 신창양가장에서 지난 반년 동안 양피지를 수만 번 확인한 것이라 보여주는 것이라면 크게 꺼릴 이유가 없었다. 더구나 남궁세가의 수법을 단박에 알아낸 기무결이라면 이번에도 분명 해결할 방법을 찾아줄 것 같았다.

"알겠어요. 그것은 장원에 있어요."

第十章
삼대세가

一

기무결 일행이 식사를 거의 끝낼 무렵이었다.

문득 다섯 명의 젊은 청년이 객잔 안으로 들어섰다. 객잔에 있던 사람 중 누군가 그들을 알아보고는 소리를 질렀다.

"서문세가의 불패신성이다!"

순간 여기저기서 웅성거리기 시작했다.

"어디, 어디?"

"바로 저기 다섯 형제가 보이지 않나?"

"아! 준수하게 생긴 청년들 말인가?"

"그렇다네. 가장 나이가 많은 사람이 대공자인 서문위걸이라 하네. 나는 몇 년 전에 서문위걸이 단신으로 장강수로삼십

육채 중 흑풍수룡채를 기왓장 하나 남기지 않고 쓸어버린 일을 목격한 적이 있다네."

그건 하나의 전설이었다.

흑풍수룡채는 장강수로삼십육채 중에서도 가장 악랄하기로 유명했다. 관군조차도 그들의 악랄함에 치를 떨고 토벌을 포기했을 정도였다.

하나 흑풍수룡채가 하필 서문세가의 제자들을 죽이고 화물을 약탈한 것이 사달이 되고 말았다.

서문위걸은 단신으로 흑풍수룡채에 쳐들어가 하룻밤 사이에 백 명이 넘는 수적을 죽이고 흑풍수룡채의 기왓장 하나 남기지 않고 쓸어버렸다. 그리고 빼앗긴 화물을 되찾아 왔다.

그것이 정확히 삼 년 전의 일이었다.

당연히 삼 년이 지난 지금은 그때보다 더 무공이 강해졌을 터.

사람들은 새삼스러운 눈으로 서문세가의 다섯 형제를 쳐다보았다.

서문위걸 말고 나머지 네 형제의 이력도 상당히 화려했다. 그들 사 형제는 수십 번의 크고 작은 싸움에서 패한 적이 없었다.

최근 호북성에서는 그들 다섯 형제를 일컬어 불패신성이라 부르고 있었다.

서문위걸은 객잔을 둘러보았다가 앉을 자리가 없자 가볍

게 눈살을 찌푸렸다. 그러다 문득 구석진 자리에 앉아 있는 양수란을 발견하고는 두 눈을 반짝였다.

"형님, 왜 그러십니까?"

서문위진이 고개를 갸웃거리며 물었다.

그는 다섯 형제 중에서 셋째로 다소 마른 몸매에 신경질적으로 생겼지만 눈치가 가장 빠르고 영악했다.

"저길 보거라."

서문위걸이 턱짓으로 양수란을 가리켰다.

"응? 저 여인은 신창양가장의 양수란이 아닙니까?"

"그렇다. 신창양가장에 있을 줄 알았는데 이곳에 있는 걸 보면 도움을 구하러 다니기 위해 동분서주하고 있다는 소문이 사실인 모양이다."

"그런 일이 있는지 몰랐습니다."

이제 곧 전쟁을 치러야 할 입장에서 상대의 동향을 살피는 건 기본이었다.

하지만 서문세가는 물론이고 남궁세가와 신도세가 역시 신창양가장이 무슨 행동을 하든 크게 개의치 않았다. 일종의 자신감이라 할 수도 있겠지만, 이미 신창양가장은 천하의 인심을 잃은 상태였다.

그들이 도움을 구한다 한들 과연 누가 손을 잡아주려 하겠는가? 오히려 삼대세가는 선전포고 시한을 상당히 오래 늘려주었다.

"홍!"

순간 나머지 세 명의 시선이 일제히 양수란에게 쏠렸다.

그들의 표정이 다소 험악하게 변하며 차갑게 코웃음 쳤다.

원수는 외나무다리에서 만난다는 것이 바로 이런 것일까?

서문세가는 이번 독심호리 호위 임무가 실패하면서 여러 수하와 제자가 죽었는데 특히 사촌형제이던 서문위룡이 죽은 건 충격적이었다.

그들은 지금 당장에라도 양수란에게 복수하고 싶은 마음을 억지로 참고 있었다.

양수란은 그들이 처음 객잔에 들어설 때부터 안색이 딱딱하게 굳었다.

그녀는 가급적 그들 다섯 형제와 마주치지 않으려고 고개를 돌리고 있었는데도 끝내 그들의 이목에서 벗어나지 못했다.

한편, 객잔은 한바탕 소란이 일었다.

서문위진의 목소리가 컸던 탓에 객잔에 있는 모든 사람이 들을 수 있었던 것이다.

사람들은 흥미로운 표정으로 서문세가의 다섯 형제를 쳐다보았다가 다시 양수란을 쳐다보았다.

삼대세가가 선전포고한 시간은 아직 이틀 정도 남아 있었지만, 지금 여기서 마주친 이상 싸움이 일어나도 전혀 이상할 것이 없어 보였다.

사람들의 표정이 기이한 열기로 가득 찼다.

이런 작은 객잔에서 서문세가와 신창양가장의 후기지수들이 싸우는 광경을 지켜볼 수 있는 행운이 생길지도 몰랐다.

신창양가장의 창법은 무림에서 일절로 명성이 자자했고, 서문세가는 아직 육문칠가에 이르지는 못하지만 요즘 무섭게 치고 올라오는 곳 중 하나였다.

특히 서문세가가 욱일승천하는 데에는 그 중심에 불패신성이 있었다.

일각에서는 그들 다섯 명의 불패신성이 이미 육문칠가 후기지수들의 능력을 뛰어넘었다고 말하는 사람도 있었다.

그에 반해 양수란은 천무서원의 원생으로 장래가 촉망되는 후기지수였다. 그들 중 누가 이기고 져도 전혀 이상할 것이 없는 상황이었다.

객잔 안에 팽팽한 긴장감이 돌았다.

그에 따라 사람들의 얼굴은 잔뜩 기대감으로 부풀어갔다.

그때, 불패신성 다섯 형제가 천천히 양수란이 있는 탁자로 다가가면서 긴장감은 극에 달했다.

"양 소저, 어딜 갔다 오는 모양이오?"

"흐흐, 들리는 소문에는 요즘 이곳저곳으로 도움을 청하고 다닌다고 하던데, 그럴 바에는 차라리 마황성에 도움을 청하는 것은 어떻소?"

불패신성의 입가에 하나같이 조소가 떠올라 있었다.

양수란은 두 눈을 파르르 떨며 입술을 질끈 깨물었다.

그들은 많은 사람 앞에서 대놓고 자신과 신창양가장을 마황성의 협잡꾼으로 몰고 있었다.

자고로 무림인들은 죽을지언정 모욕을 당하며 살 수는 없는 법.

양수란이 발끈해서 자리를 박차고 일어서려는 순간 화은설이 그녀의 손을 잡았다.

그녀가 생각해도 지금은 감정적으로 대응할 때가 아니었다. 여기서 서문세가와 충돌이 일어난다면 이번 음모를 꾸민 남궁세가의 의도대로 흘러가게 될 것이었다.

양수란은 그제야 자신의 실태를 깨닫고 황급히 마음을 가라앉혔다.

화은설은 자신이 생각해도 스스로가 대견하게 느껴졌다. 예전의 그녀였다면 절대 이런 모욕은 참지 못했을 것이다. 아마 양수란보다 더 펄쩍 뛰면 뛰었지 덜하지는 않았을 것이다. 싸움이 벌어지는 것은 자명한 일이었다.

하지만 최근 기무결과 함께 몇 번이나 큰일을 겪다 보니 경험이 많이 쌓였다. 그 경험은 상당히 값진 것이었고, 그녀를 한층 성장하게 만들었다.

二

서문위걸이 살짝 눈살을 찌푸리며 화은설을 쳐다보았다.

　그는 호승심이 강한 성격으로 이번 기회에 신창양가장의 창법을 직접 경험해 보고 싶었다.

　하나 삼대세가에서 다가오는 보름날로 시한을 정했기 때문에 그전까지는 먼저 시비를 걸고 싸울 수 없었다.

　그래서였다.

　화은설이 중간에 끼어들지만 않았어도 양수란이 먼저 검을 뽑아 들었을 것이다.

　"소생은 서문세가의 서문위걸이라 하는데 소저의 방명은 어찌 되시오?"

　화은설을 보는 그의 시선이 결코 좋지 않았다.

　한눈에 보아도 양수란의 부탁에 신창양가장을 도와주러 가는 것 같았다.

　신창양가장이 마황성과 내통하고 무림맹을 배신한 상황인데도 아직 신창양가장을 도와주는 사람이 있다는 사실이 놀라울 뿐이었다.

　하지만 그래 봐야 마부 한 명에 시녀 한 명, 그리고 화은설, 모두 세 명에 불과했다.

　그는 속으로 웃다 못해 배꼽을 잡고 싶은 것을 가까스로 참았다.

　'흥!'

화은설은 속으로 코웃음을 쳤다.

바보가 아닌 이상 자신을 무시하고 있다는 것을 모를 리 없다.

불패신성의 소문은 많이 들었지만 생각보다 옹졸하고 치졸한 작자들 같았다.

"미안해서 어쩌죠. 나는 별로 그대와 통성명을 나누고 싶지 않아서 말이에요."

"지금 나를 무시하겠다는 것이오?"

"흥! 무시는 그대가 먼저 한 것으로 알고 있는데, 그렇지 않나요?"

"뭐요?"

서문위걸의 눈빛이 차갑게 가라앉았다.

그의 손이 천천히 허리춤의 검을 잡아갔다.

그때 뒤쪽에 있던 서문위진이 재빨리 앞으로 나와 귓속말로 속삭였다.

"형님, 아무래도 재앙의 성녀 같습니다."

"응? 재앙의 성녀라면 화은설 말이냐?"

"그렇습니다. 무림에 저토록 아름다운 여인은 짝을 찾기 어렵죠. 거기에 양수란이 도움을 청할 사람이 화은설 말고 또 누가 있겠습니까?"

"으음."

서문위걸이 고개를 끄덕였다.

그러고 보니 화은설의 미모는 보는 사람들로 하여금 숨이 넘어갈 정도로 아름다웠다. 무림에 출도한 이래 수많은 미녀를 보았지만, 화은설에 비하면 태양 앞에 반딧불이라 할 수 있었다.

"화 소저인 줄 모르고 소생이 결례했군요. 한데 이번 일에 화씨세가가 나설 줄은 꿈에도 생각하지 못했소."

말투는 제법 격식을 차리고 정중하게 했지만 언중유골이라 했다. 그의 말 속에는 화은설의 행동을 비난하는 기운이 섞여 있다.

"다들 오해하고 있어요. 이번 일에는 누구도 모르는 흑막이 있어요."

"흥, 신창양가장이 마황성과 결탁하고 무림맹을 배신한 것 말고 무슨 다른 흑막이 있을 수 있단 말이오?"

어쩌면 양수란이 달콤한 말로 속여 넘겼을지도 모른다.

아니, 틀림없이 그랬을 것이다.

하지만 화씨세가가 언젯적 화씨세가인가?

한때는 천하에서 가장 존경받던 가문이었을지 몰라도 지금은 지리멸렬해서 그 존재조차 찾기 어려운 실정이었다.

비록 최근에 화은설이 놀라운 일을 몇 번 하긴 했지만, 직접 자신의 눈으로 확인하지 않은 이상 그것들을 곧이곧대로 믿기는 어려운 일이었다.

"화 소저, 분명히 경고하겠소. 지금 당장 무림맹으로 돌아가시오. 만약 끝까지 신창양가장을 도와준다면 아무리 그대가 전 무림맹주의 딸이라 해도 우린 결코 그대를 가만두지 않을 것이오."

이는 경고가 아니라 협박이나 마찬가지였다.

양수란의 얼굴이 해쓱하게 변했고, 화은설의 눈썹이 꿈틀거렸다.

하나 객잔에 있는 사람은 모두 서문세가의 편이었다. 그건 신창양가장이 마황성과 내통하고 무림맹을 배신했다고 알고 있기 때문이었다. 거기에 화씨세가가 도와주는 꼴이니 아무리 좋게 생각해도 이해할 수 없는 일이었다.

불패신성은 한참 동안 화은설과 양수란을 노려본 다음 객잔에서 사라졌다.

객잔에서 이를 지켜보던 사람들은 왠지 아쉬운 생각에 입맛을 다셨지만, 어쩌면 이제부터 더 재미있는 일이 펼쳐질 것만 같았다.


ㅡ화씨세가에서 신창양가장을 도와주기 위해 왔다.
ㅡ서문세가에서 화씨세가에게 공개적으로 선전포고를 했다.


소문이 꼬리에 꼬리를 물며 급속도로 퍼져 나갔고, 천하무림은 열광의 도가니에 휩싸였다.

사람들은 처음엔 일방적으로 삼대세가의 우세를 점쳤다가 어쩌면 이번 전쟁이 생각만큼 시시하게 끝날 것 같지 않다는 기대를 하게 되었다.

노을이 유난히도 붉고 아름답게 빛나는 저녁이었다.

그때 문득 사두마차 한 대가 노을을 뒤로하고 신창양가장에 들어섰다.

눈에 익숙한 마차였다.

마부석에는 기무결이 앉아 있고, 마차 안에는 화은설과 양수란, 그리고 영영이 타고 있었다.

형문산의 서쪽 봉우리에 자리를 잡은 신창양가장의 전각들은 붉은 노을에 물들어 환상적인 모습을 연출하고 있었다.

아마 평소였다면 화은설은 물론이고 기무결도 감탄해 마지않을 풍경이었다.

하지만 지금 신창양가장은 죽음과도 같은 정적에 휩싸여 있었다.

양철기부터 시작해 시녀와 하인들까지.

모든 사람의 눈빛에서는 죽음의 그림자가 떠오르고 있었다.

이제 하루도 거의 다 끝나가는 시각이니 삼대세가가 약속한 보름까지는 하루밖에 남지 않았다.

마음이 약하고 겁이 많은 사람들은 대놓고 울었고, 제법 담이 큰 사람은 아무도 보지 않는 곳에서 두려움에 벌벌 떨었다.

양철기는 어찌나 근심이 컸는지 하룻밤 사이에 머리카락이 온통 하얗게 변하고 말았다.


三


무엇이 어디서부터 잘못된 것인지 이해할 수 없었다.

신창양가장이 마황성과 결탁해 무림맹을 배신했다는 말은 터무니없는 소리였다.

하지만 이대로 삼대세가에게 무릎을 꿇고 용서를 구하고 싶은 생각은 없었다.

그것이 설령 죽음에 이르는 길이라 해도 마찬가지였다.

그렇다면 결론은 이미 처음부터 정해져 있었는지도 몰랐다.

삼대세가에서 정예 고수만 차출해서 보낸 이상 신창양가장도 죽음을 각오하고 맞서 싸우는 수밖에 없었다.

"아무래도 삼대세가와는 전쟁을 피할 수 없을 것 같습니다."

양철기의 표정은 비장하기 짝이 없었다.

"으음."

"허허!"

연로한 신창양가장의 네 명의 장로는 말없이 탄식을 토했다.

그들 네 명의 장로는 신창양가장의 전대 고수로 이미 오래전에 무림을 은퇴했거나 활동을 하지 않고 칩거해 오고 있었다. 특히 양규는 전전대 가주로 이미 구십이 넘은 백발의 노인이었다.

하지만 지금 신창양가장이 풍전등화의 위기에 봉착하자 오랜 칩거를 깨고 양철기의 집무실에 모인 것이다.

집무실의 분위기가 무겁게 가라앉았다.

네 명의 장로는 수없이 많은 일을 경험하고 모진 풍상을 겪으며 신창양가장을 여기까지 올려놓았지만, 지금처럼 어렵고 위험천만한 일은 처음이었다. 더구나 상대가 같은 정파 소속의 문파들인지라 다른 곳에 도움을 청하는 것도 쉽지 않았다.

그때, 양규가 오랜 침묵을 깨고 늙수그레한 목소리로 말했다.

"남궁세가는 누가 인솔하고 있느냐?"

"남궁민이라 들었습니다."

"무공의 천재로 알려진 그 냉심무정 남궁민 말이냐?"

"그렇습니다."

"으음. 상황이 좋지 않구나. 남궁세가에서 정말 독하게 마음먹은 게야."

양규의 주름진 눈이 미세하게 떨리고 있었다.

남궁세가는 오랜 시간 동안 육문칠가의 한곳으로 명성을 떨쳐 오던 곳이었다.

남궁민은 그런 남궁세가에서 인정한 무공의 천재였다.

어디 남궁민뿐이던가?

남궁세가에는 절정의 고수가 헤아릴 수 없을 만큼 많았고, 당금 후기지수 중에서도 두각을 나타내는 사람이 많았다. 남궁민이 왔다면 그들 중 몇 명은 따라왔을 것이고, 그렇게 되면 상황은 더욱 어려워질 수밖에 없었다.

"그럼 서문세가는 누가 인솔하고 있느냐?"

"서문백강이 불패신성을 비롯해 몇 명의 절정고수를 데려오고 있습니다."

"서문백강이라면 당금 가주인 서문우주의 백부가 아니냐?"

"그렇습니다. 아마도 남궁세가에 뒤처지고 싶지 않아서 강수를 둔 것 같습니다."

상황이 바뀌어 양철기가 정예 고수를 차출했어도 아마 그랬을 것이다.

분위기가 더욱 무겁게 가라앉았다.

남궁세가 한 곳도 벅찬 마당에 그나마 신창양가장과 세력이 비슷한 서문세가에서 최고 배분의 고수를 보낸 것이다.

서문백강은 단지 배분만 높은 게 아니었다.

그는 어려서부터 무공에 미쳤다고 해서 무치라는 별호가

생겼을 정도였다.

서문세가의 무공을 거의 대성한 것은 물론 다섯 명의 불패 신성을 지도하고 무공을 가르친 사람도 서문백강으로 알려져 있었다.

그렇게 되면 상대적으로 명성에서는 남궁세가에 밀릴지는 몰라도 힘과 전력 면에서는 거의 균형을 이룬다고 볼 수 있었다.

상황이 이러니 신도세가는 더 들어볼 필요도 없었다.

들어보나마나 서문세가와 비슷한 전력을 갖춰서 오고 있을 터.

삼대세가의 전력은 상상 이상으로 경험이 풍부한 양규나 다른 장로들도 생각지 못한 일이었다.

그도 그럴 것이, 칠십 년 전 혈마교와 전쟁을 치르기 위해 모든 문파에서 고수를 파견했을 때도 이 정도는 아니었던 것이다.

"결국 죽기를 각오하고 싸워야 한다는 소리구나."

"죄송합니다. 소손이 못나서 세가를 위험에 빠뜨렸습니다."

"그것이 어찌 너의 잘못이겠느냐? 강호에서 살아가는 이상 오해와 반목은 피할 수 없는 일이지."

번쩍!

늙은 양규의 두 눈에서 기광이 흘러나왔다.

죽음은 피할 수 없다. 삼대세가의 기세가 심히 대단하다는 것을 인정하지 않을 수 없었다.

하지만 천하무림은 알게 될 것이다. 신창양가장은 죽을지 언정 결코 꺾이지 않는다는 사실을. 설령 신창양가장이 무림에서 영원히 사라지는 한이 있어도 당당하게 맞서 싸워 만천하에 신창양가장의 기백을 보여줄 것이었다.

"그나저나 수란이는 어딜 갔느냐? 어째 통 보이지를 않는구나."

"그게……."

양철기가 다소 곤혹스러운 표정을 지었다.

양수란은 도움을 청하기 위해 이곳저곳 돌아다니다 마지막으로 화씨세가에 가서 아직 돌아오지 않고 있었다.

그는 쓸데없는 일이라며 말렸다.

평소 친하게 지내던 자들도 모두 외면하는 마당에 화씨세가에서 도와줄 리 없었다. 설령 과거의 은원을 모두 잊고 도와준다고 해도 화씨세가는 이제 이름만 남아 있을 뿐이었다. 화은설이 도와주러 찾아와도 골치였다.

바로 그때였다.

집무실 문이 열리고 양수란이 들어섰다.

그녀의 뒤로 화은설과 기무결, 그리고 영영의 모습이 보인다.

양철기를 비롯한 네 장로의 눈이 화은설을 보고 크게 치떠졌다.

"아, 아니, 아가씨는?"

四

학인준이 행정 시험을 끝내고 무림맹에 돌아온 것은 한 달 하고도 십 일 만의 일이었다.

그를 필두로 이 조에 있던 원생들도 하나둘 복귀하기 시작했다. 이 조에서 단연 두각을 나타낸 사람은 학인준이었다. 그는 기지를 발휘해 몇천 냥의 이윤을 냈고, 그것이 이 조 최고의 성과가 되었다.

아마 평소였다면 충분히 일등을 하고도 남았을 일이었다.

하지만 이번엔 일 조에 있던 화은설이 수십만 냥에 달하는 다리 건설 사업권을 따내면서 학인준의 성과는 묻히고 말았다.

그래도 그는 싱글벙글했다.

그의 눈에는 화은설이 어깨에 잔뜩 힘을 주고 자랑을 하는 모습이 눈에 선했다.

'후후! 이미 월반이 확정되었다고 했지?'

아마 다른 사람이 월반했다면 분해서 잠도 못 잤을 것이다.

그는 누군가에게 지는 걸 죽기보다 싫어하는 성격이었다.

하나 상대는 화은설이었고, 그녀에게만큼은 경쟁심 따위

는 생기지 않았다. 오히려 같은 천무서원의 원생 신분이고 사방에 보는 눈이 많아서 그녀를 많이 챙겨주지 못하는 것이 한스러울 뿐이었다.

문득 학인준과 중간에 만나서 함께 복귀하던 원생이 그런 학인준의 모습을 보고 혀를 찼다.

"쯧쯧, 자네는 뭐가 그리 좋아 그리 싱글벙글하는가? 모르는 사람이 알면 자네가 일등을 하고 월반한 줄 알겠네."

화은설이 앞으로의 성적과 무관하게 월반했다는 소식은 한창 행정 시험을 치르던 이 조의 귀에도 들어갔던 것이다. 어떤 사람은 맥이 빠져 행정 시험에 집중하지 못해 결국 적자를 기록한 사람도 있었다.

"그렇다고 울 수는 없지 않은가?"

그렇게 말하면서도 학인준은 여전히 웃고 있었다.

그런 학인준의 모습에 원생은 고개를 설레설레 흔들었다.

천무서원 원생 중에서 학인준이 화은설을 좋아한다는 것을 모르는 사람이 없었다.

그래서였다.

남자 원생 중에서 화은설을 가슴에 품고 짝사랑하는 사람도 많았지만, 학인준과 경쟁을 해야 한다는 사실에 모두 포기하고 말았다. 경쟁해 봐야 상대가 안 될 게 뻔하기 때문이다. 그중에는 지금 학인준과 대화하고 있는 원생도 끼어 있었다.

"후후! 자네 표정을 보니 머릿속에는 온통 화 소저뿐인 것 같군."

"클클! 그만하게. 자꾸 놀릴 건가?"

"쯧쯧, 그래도 끝내 아니라는 말은 안 하는군."

"사실 그녀가 몹시 보고 싶다네."

학인준의 표정이 아련한 빛으로 물들었다.

사실 석 달 가까이 화은설을 보지 못한 건 태어나서 지금이 처음이었다.

그는 할 수만 있다면 당장에라도 화은설에게 날아가고 싶은 심정이다.

"그나저나 형문산 일대의 상황이 생각보다 심상치 않아 보이는군."

"그러게 말이네."

그들은 무림맹으로 돌아오는 동안 수없이 많이 들은 얘기였다.

신창양가장이 마황성과 결탁한 것도 뜻밖의 일이었지만, 삼대세가가 정예 고수들을 보내 신창양가장을 상대하려는 것도 예상 밖의 일이었다.

"삼대세가가 선전포고한 시한이 내일인데 자네 생각엔 어떻게 될 것 같나?"

"일단 삼대세가에서 신창양가장에게 최후의 소명 기회를 주었으니 기다려 봐야겠지. 하지만 신창양가장이 정말 마황성과 결탁했다면……."

학인준이 말을 하다 말고 가볍게 고개를 흔들었다.

결과는 보나마나 이미 정해진 셈이었다.

신창양가장이 형문산 일대에서 최고의 문파로 군림하고 있다지만, 남궁세가를 필두로 삼대세가의 힘에는 비할 바가 못 되었다.

그렇게 대화를 하는 사이 그들은 무림맹이 있는 형산 근처에 도착할 수 있었다.

이제 산만 오르면 바로 무림맹이었다.

그때, 길을 지나가던 사람들의 대화가 학인준의 귀를 잡아챘다.

"자네 그 소문 들었나? 화씨세가에서 신창양가장을 도와주려고 나섰다며?"

"그건 나도 들어서 알고 있네. 서문세가와 약간의 마찰도 있었다지?"

"그건 금시초문인데? 뭐가 어떻게 된 것인지 자세히 좀 얘기해 보게."

"나도 얼핏 들은 것이라 잘 모르지만, 대충 소문에는 서문세가에서 화씨세가를 상대로 선전포고를 했다는 거야. 이번 일에 개입하면 절대 가만두지 않겠다고 말이지."

"그런데도 개입을 했다는 건가?"

"그런 셈이지. 쯧쯧, 화씨세가가 예전의 그 화씨세가가 아닌데 쓸데없는 객기를 부린 것이지."

쿵!

학인준은 온몸이 딱딱하게 얼어붙었다.

그는 방금까지 전쟁이 벌어지면 결과는 정해졌다고 생각하지 않았던가?

결국 화은설은 스스로 죽을 자리를 찾아 들어간 것밖에는 안 되는 것이다.

"안 돼!"

학인준은 사색이 된 얼굴로 방향을 틀어 왔던 길로 되돌아갔다.


五


한편, 그 시각 양철기의 집무실은 충격과 경악에 휩싸여 있었다.

양철기는 온몸을 부들부들 떨고 있었고, 양규를 비롯한 네 장로의 주름진 얼굴도 파르르 떨리고 있었다.

"나, 남궁세가에서 꾸민 짓이라고?"

너무나 엄청난 소리라 믿어지지 않았다.

하지만 먼저 전서구의 내용이 바뀐 것을 설명한 것부터 시작해서 신창양가장에서 반년 전에 고금오대정종무공으로 추정되는 철 상자를 손에 넣은 것까지 모든 정황이 딱딱 맞아떨어졌다.

더구나 이 모든 것을 전혀 보지 않고도 단순한 추리로 알아낸 사람이 있다는 것이 더 놀라웠다.

양철기가 새삼스러운 눈으로 기무결을 쳐다보았다.

옷차림은 허름해 보이는데 그 심기가 당대 제일모사라는 삼뇌우사 제갈기를 능가하는 것 같았다.

처음 화은설을 알아보고 간단하게 인사를 나누었을 때는 어색하고 당혹스러운 생각보다는 그저 웃음만 나왔다.

신창양가장을 도와주기 위해 찾아온 사람이 겨우 세 명뿐이었던 것이다. 그나마도 나머지 두 명은 시녀와 마부였다. 이건 도와주러 온 것이 아니라 자신들의 처지를 비웃으려 한다는 생각마저 들었다.

하지만 막상 기무결의 말을 듣고 나서는 너무 놀라 떡 벌린 입을 다물 수가 없었다.

그건 양규 역시도 마찬가지였다.

그는 백 살을 바라보는 나이. 더 이상 놀랄 것도 없어야 정상이건만, 눈앞 청년의 엄청난 심기와 가공할 지혜에는 놀라지 않을 수 없었다.

"정말 비급을 보면 남궁세가의 야욕을 무력화시킬 수 있는 건가?"

"남궁세가에서는 비급을 고금오대정종무공이라 생각하고 있습니다. 그래서 이런 치사한 방법까지 동원한 것이죠. 하지만 그게 만약 고금오대정종무공이 아니라고 하면 충분히 타협할 여지가 있을 겁니다."

"으음."

양철기가 조용히 고개를 끄덕였다.

기무결의 말은 충분히 일리가 있었다.

사실 그는 철 상자에 새겨진 문양과 글귀들을 보고 고금오대정종무공이라 생각했을 뿐 양피지에 그려진 그림은 아무짝에도 소용이 없었다. 그걸 보면 어디로도 고금오대정종무공이라 생각할 수 없었다.

"좋네."

양철기가 한참을 생각한 후 품속에서 철 상자와 여러 장의 양피지를 꺼냈다.

第十一章
곽세기연

一

　기무결은 사람들이 왜 양피지를 보고도 아무것도 얻을 수 없다고 했는지 알 것 같았다.

　양피지는 모두 아홉 장이었는데, 덩그러니 사람의 형상만 그려져 있었다.

　그것이 전부였다. 사람의 형상이 약간씩 달랐다. 어떤 경우는 팔을 벌리고 있고, 어떤 그림은 다리의 위치가 조금 달랐다. 그리고 아홉 개의 그림에는 각기 다른 혈도 부위에 조그만 점 하나가 달랑 찍혀 있었다.

　'어이가 없군.'

　기무결은 황당해서 말이 다 안 나올 지경이다.

누가 장난을 쳤다고 해도 믿을 판이다.

양피지에는 그 흔한 글자 하나 적혀 있지 않았다.

이래서는 이것들이 무엇을 의미하는지 이해할 수 없다. 이게 과연 고금오대정종무공 중 하나라고 할 수 있는지 의문이다.

'쩝!'

기무결은 쓴 입맛을 다졌다.

사신 그는 은근히 기대를 하고 있었다.

그렇지 않다면 군이 양피지를 보여달라고 하지도 않았을 것이다.

원래 그는 이번 일을 해결할 다른 묘안을 가지고 있었다.

처음부터 분명한 사안이다. 남궁세가가 속임수로 전서구를 바꾸었다면 같은 수법으로 되돌려 주면 쉽고 빠르게 해결할 수 있었다.

오히려 양피지를 보고 그것의 진위 여부를 가려서 남궁세가와 타협할 여지를 만드는 것이 더 복잡하고 해결 가능성이 낮았다.

그럼에도 불구하고 양피지를 보겠다고 한 데에는 과연 고금오대정종무공은 얼마나 강한지 호기심이 일었기 때문이다. 운이 좋으면 그 안에 숨은 비밀을 풀지 말라는 법도 없지 않은가?

다른 사람들이 알면 기절초풍할 일이다.

기무결의 표정은 누가 봐도 열과 성을 다해 신창양가장의 위기를 돕고 있는 모습이다.

하지만 누구도 기무결의 의도를 알아차리지 못했다. 양수란은 물론이고 경험이 누구보다 풍부한 양철기와 양규 역시 마찬가지였다.

기무결은 원체 거짓말에 능수능란해서 그 누구도 기무결이 사심을 가지고 양피지를 보고 있다는 생각은 지금 이 순간 꿈에도 하지 못하고 있었다.

"어떤가? 이것들로 사태를 무사히 해결할 수 있겠나?"

"흐음."

기무결이 고개를 절레절레 흔들었다.

양피지의 상태가 어지간해야 속여 넘기지 이건 너무나 성의가 없어서 남궁세가에게 보여주면 그들은 틀림없이 이쪽에서 장난을 치고 있다고 생각할 것이 뻔했다.

"역시 이것들로 문제를 해결하겠다는 계획은 어렵다는 소린가?"

"문제를 해결하려면 이대로는 아무래도……. 양피지에 몇 글자라도 적어놓으면 가장 좋겠지만, 그러면 확연하게 티가 나겠지요."

물론 양피지를 구해서 위조하는 방법도 있었다.

그때는 당연히 그림도 살짝살짝 바꾸고 혈도를 찍은 점의 방향도 다르게 만들어놓는 것이다. 위조한 양피지에 철 상자를 함께 내놓으면 천하의 남궁세가도 깜빡 속아 넘어갈 수밖에 없을 것이다.

하지만 양피지를 하루 사이에 구하는 것도 어려운데다 연식을 수백 년 가까이 흐른 상태로 만들어놓는 건 더더욱 어려운 일이었다.

'이 방법은 아예 시도조차 할 수 없겠군.'

하긴 이 방법은 처음부터 생각한 적도 없었다.

그나마 철 상자에는 기이한 문양의 도형이 그려져 있었다.

확실히 현묘한 느낌이 뭔가 있어 보였다. 신창양가장에서 무성의한 그림에도 불구하고 반년 동안 연구한 이유를 알 것 같았다.

하나 그렇다고 이것만 보고 고금오대정종무공이라 생각한 것은 조금 엉뚱하단 느낌이었다.

양철기가 기무결의 생각을 눈치챘는지 천천히 입을 열었다.

"자네는 혹시 기학대공 이철심 대협의 전설을 들어본 적이 있는가?"

기무결이 눈빛을 반짝였다.

"어찌 모르겠습니까? 우주의 모든 원리를 기하학으로 설명할 수 있다며 평생을 도형에 매달린 분이 아닙니까?"

그리고 이철심이야말로 고금십대고수 중 한 명이고, 고금오대정종무학의 한 자리를 차지하고 있었다.

이철심의 공력은 비정상적으로 높았다.

고금 이래 가장 무공이 강하다는 고금십대고수 중에서도 그의 공력은 단연 으뜸이라 할 수 있었다.

일각에서는 그의 공력이 천 년 내공에 육박했다고 했고, 종국에는 인간의 경지를 넘어 신이 되었다고 전해져 내려오고 있었다.

그야말로 신화 속에서나 나오는 일이었다.

이철심의 공력이 정말 천 년 내공에 육박했는지는 확인할 수 없지만, 그는 평생을 별다른 초식이나 무공 없이도 고금십대고수가 될 수 있었다. 이는 그의 막강한 내공이 있기 때문에 가능한 일이었다.

당연히 천 년 내공의 비밀은 평생을 연구하고 수련한 기하학에 있었다.

사람들은 어떻게 기하학만으로 공력을 수련하고 고금제일의 공력을 얻을 수 있었는지 의아해했지만, 이철심이 죽은 이후 그의 절학 역시도 실전되어 영원한 수수께끼로 남아 있었다.

"그럼 저 철 상자가 바로 이철심 대협의 절학이 담긴 것이란 말입니까?"

기무결이 새삼스러운 눈빛으로 철 상자를 쳐다보았다.

처음에는 몰랐지만 듣고 보니 충분히 일리 있는 말이었다.

"이런 특이한 도형을 만들 수 있는 사람은 천하에 이철심 대협밖에는 없다고 생각했네. 처음에는 엄청나게 흥분했었지. 양피지의 비밀만 풀면 신창양가장은 천하제일세가를 넘어 고금제일의 세가가 될 수도 있으니까."

하지만 반년이 지난 지금은 거의 재앙이 되어버렸다.

양피지의 비밀은 풀 수도 없었고, 삼대세가의 합공을 받기 직전이었다.

아니, 어쩌면 양피지에 비밀 따위는 애초에 없었는지도 모른다.

이건 그냥 누군가 장난 삼아 낙서한 것에 불과했다.

"혹시 무공 이름이 뭔지 아십니까?"

기무결도 들어본 적이 있지만 너무나 길고 무공의 이름이라고 생각하기에는 괴이해서 묻지 않을 수 없었다.

"이철심의 자부심은 정말 대단하다 할 수 있지. 천지기하천하무적공이니 말일세."

기무결이 고개를 끄덕였다.

자신이 잘못 알고 있는 것이 아니었다.

이름을 풀면 천지에 기하학이 있으니 천하무적이란 뜻이었다.

진짜 기하학에 미친 사람이라서 그랬던 것일까?

무공의 이름에 기하학이 들어가고 천하무적이라 할 수 있는지 유치한 생각마저 들었다. 확실히 무공의 이름치고는 길고 괴상했다.

'자, 잠깐!'

문득 기무결의 머릿속에 무언가 번쩍 스치고 지나가는 것이 있었다.

'무공의 이름도 아홉 개이고 양피지 역시 아홉 개다.'

우연의 일치라고 하기에는 너무나 공교로운 일이다.

사람의 그림 역시 아홉 개이고 그 안에 찍혀 있는 혈도 역시 아홉 개였다.

자고로 오래전부터 아홉이란 숫자를 완전한 수라고 하지 않던가?

왠지 묘하다는 생각이 들었다.

물론 우연의 일치일 수도 있었다.

하지만 기무결은 이 아홉 개의 글자와 양피지 개수에 뭔가 심오한 뜻이 있다는 생각을 지울 수가 없었다.

'응?'

기무결의 눈이 크게 치떠진 것은 바로 그 순간이었다.


二


기무결의 시선이 양피지 위에 그려진 사람의 형상으로 향했다. 더 정확하게 말하면 사람의 신체 부위에 찍혀 있는 점의 위치였다.

'저 위치는 천정혈이다.'

천정혈은 수양명대장경에 속한 혈도였다.

그리고 무엇보다 첫 글자만 따로 떼어내면 천지기하천하무적공 중 첫 번째와 다섯 번째 글자 중 하나와 일맥상통한다.

기무결은 재빨리 다른 곳의 점의 위치를 확인해 보았다.

'저건 족양명위경에 있는 지창혈이군.'

이번에도 역시 지창혈의 첫 글자만 따로 떼어내면 천지기하천하무적공 중 두 번째인 지와 일맥상통했다.

기무결은 그런 식으로 하나하나 해석해 나갔고, 곧이어 족태음위경에 있는 기문혈과 족태양방광경의 하료혈 등 양피지에 찍혀 있는 점의 위치가 하나같이 무공의 이름과 일맥상통한다는 것을 알 수 있었다.

그리고 더 중요한 것은 이것들이 인체의 경맥 중 가장 기본이 되는 십이경맥과 밀접한 관련이 있다는 것이다.

'묘하군. 이철심은 분명 수수께끼를 좋아하는 사람일 것이다.'

기무결은 갑자기 호흡이 가빠지는 것을 느꼈다.

그는 자신도 모르게 고금오대정종무공의 하나인 이철심무공의 비밀을 풀어낸 것이다.

주변에 사람들만 없었다면 아마 환호성을 질렀을 것이었다.

하지만 아직 완벽한 것은 아니었다.

이것만으로는 무엇을 어떻게 해야 할지 알 수 없었다.

분명 내공을 수련하는 방법을 적어놓은 것 같긴 한데, 아무런 글자도 적혀 있지 않아서 난감하긴 매한가지였다.

'흐음.'

보통의 내공심법은 반드시 어떻게 운기토납을 하고 어떤 식으로 기혈을 움직여 내공을 축기, 즉 단전에 내공을 쌓는지를 적어놓는다.

정파와 마도, 그리고 사파가 제각기 내공의 성질이 다르고, 같은 정파라 해도 문파와 방파끼리 내공의 수련 방법이 달라서 조금이라도 수련 방법이 다르면 주화입마에 들기 십상이었다.

하물며 고금오대정종무공의 하나인 천지기하천하무적공이라면 두말할 나위가 없을 터.

그렇다면 반드시 내공을 수련하는 방법이 적혀 있어야 한다.

한데 그런 건 눈을 씻고 보아도 찾을 수 없었다.

만약 다른 사람의 비급이었다면 철 상자를 뒤져 보았을 것이다. 어쩌면 그곳에 기관장치가 있을지도 몰랐다.

하나 상대는 기하학을 죽기보다 좋아한 이철심이었다.

그리고 단순한 사람 그림에서도 현묘한 수수께끼가 숨어 있다면 분명 이 안에 뭔가가 더 숨어 있을 게 틀림없었다.

기무결은 무공 이름으로 시선을 돌렸다.

이건 결코 우연의 일치가 아니었다. 이철심이 아무 이유 없이 혈도의 첫 글자들만 떼어서 무공의 이름을 정한 것이 아닐 것이다.

'어쩌면 무공 이름이 열쇠일지도 모른다.'

기무결은 무공 이름순으로 아홉 개의 혈도에 차례로 선을 그어 이어나갔다.

우르릉!

갑자기 기무결의 단전에서 공력이 꿈틀거리기 시작했다.

기무결은 화들짝 놀랐다.

단지 이름 순서대로 선을 그은 것만으로도 공력이 움직이고 꿈틀댄 것이다.

그는 황당하면서도 얼떨떨한 기분이 되고 말았다. 결국 무공의 이름이 내공심법의 비밀인 셈이었다.

그야말로 기상천외하다는 말밖에는 할 말이 없었다.

세상에 이런 식으로 자신의 진산절학을 전할 수도 있다니, 오직 기하학에 미친 이철심 외에는 할 수 없는 일일 것이다.

정녕 놀라운 일이었다.

내공심법을 익히는 데 글자는 단 한 자도 필요하지 않았다.

그럼에도 반응은 상상을 초월할 정도로 즉각적이었다.

아주 잠깐 운기를 했을 뿐인데도 천무은형잠종대법의 기운이 미친 듯이 빨려들어 가며 혈맥을 따라 십이정경맥을 도는 것이 아닌가?

하지만 문득 이상한 생각도 들었다.

그는 천지기하천하무적공의 심법을 운용했는데, 천무은형 잠종대법의 공력이 반응한 것이다.

무공을 조금이라도 아는 사람이라면 절대 이해할 수 없는 일이다.

원래 내공심법이 제각기 다 다르듯 공력의 성격 역시 제각기 다 달라서 절대 섞일 수 없기 때문이었다.

'혹시 천지기하천하무적공은 어떤 공력이라도 조화를 이루어 증폭시켜 줄 수 있는 도구 역할만 하는 것이 아닐까?'

그렇다면 이철심의 공력이 터무니없이 높아진 것도 어느 정도 설명할 수 있었다.

모든 공력과 조화를 이룬다면 그것만으로도 엄청난 일이었다.

한데 만약 공력을 증폭시켜 줄 수 있다면 천지기하천하무적공이야말로 천하에 둘도 없는 절세 기보인 셈이었다.

하물며 기무결에겐 마음을 둘로 나누는 분심쌍격이 있지 않는가?

과연 기무결의 생각은 정확했다. 양피지에 나온 그림의 자세를 취한 다음 천지기하천무천하공의 순서대로 선을 이어나가면 어떤 공력도 증폭시킬 수 있었다. 이는 이철심이 기하학을 연구하며 우주 만물의 현상을 깨달았기 때문에 가능한 일이었다.

그는 인간의 몸이야말로 작은 우주라는 것을 알고 있었다.

때문에 인간의 몸을 기하학처럼 나누고 분류해서 천지기하천하무적공을 만들었다.

거기까지 생각이 미친 기무결은 철 상자에 그려진 기묘한 도형들로 시선을 옮겼다.

어쩌면 그것들이 천지기하천하무적공의 무공 초식일지도 모른다는 생각이 들었다.

그는 마음을 차분하게 가라앉힌 다음 다시금 선을 이어나갔다.

이번에는 아까보다 더 거대한 기운이 그의 몸속에서 꿈틀대기 시작했다. 그것은 생각보다 거대해서 기무결은 삽시간에 무아지경에 빠지고 말았다.


우르릉!

기무결은 천둥이 치고 태풍이 이는 것 같았다.

분명 그럴 리가 없지만, 기무결의 몸속에서는 그보다 더한 일이 벌어지고 있었다.

기무결이 무공 이름 순서대로 선을 그어나갈 때마다 천무은형잠종대법의 진기의 힘은 점점 커져 갔다.

처음에는 조그만 비바람에 불과했다면 세 번, 네 번 선을 그었을 때는 거대한 태풍으로 변해 있었다. 그리고 분심쌍격으로 마음을 나누고 선에 또 선을 그었을 때는 금방이라도 폭발할 것처럼 미친 듯이 날뛰기 시작했다.

하지만 이건 공력이 한순간에 증폭되어 잠시 잠깐 제어하지 못한 것일 뿐 주화입마의 현상은 아니었다.

확실히 천지기하천하무적공은 평범한 무공이 아니었다.

천무은형잠종대법의 내공을 천무은형잠종대법의 심법으로 운기행공하는 것보다 천지기하천하무적공으로 운기행공하는 것이 더 효과적이니 말이다.

하나 아무 심법이라도 다 그런 건 아니었다. 천무은형잠종대법의 진기가 아니었다면 이렇게까지 빠르게 진경이 나타나진 못했을 것이다.

천무은형잠종대법의 진기는 천하에서 가장 날카롭고 예리한 기운을 담고 있었다. 거기에 분심쌍격이라는 수법이 더해져 천지기하천하무적공의 효과가 몇 배는 더 크게 나타난 것이다.

천지기하천하무적공은 어떤 공력이든 조화를 이루어주고 증폭시켜 주는 역할을 하지만 그렇다고 만능은 아니었다. 자력으로 내공을 축적하지 못한다는 단점도 있었다. 때문에 천지기하천하무적공이 효과를 보기 위해서는 반드시 단전에 내공이 있어야만 했다.

아무튼 이철심은 변변한 내공심법을 익히지 못하고도 천지기하천하무적공을 수련한 끝에 천 년 내공이란 엄청난 공력을 얻을 수 있었다.

하지만 종이 좋으면 우수한 말이 나오듯 단전에 있는 공력이 강하면 강할수록 그 효과가 커지는 건 당연했다.

쾅!

노도와 같은 기세로 혈맥을 돌던 진기가 열두 바퀴째가 되어서는 임맥과 독맥을 뚫어버렸다. 무림인이라면 꿈에서도 바라 마지않는 일이 너무도 순식간에 벌어졌다.

임맥과 독맥은 일명 생사현관이라고 해서 인력으로는 도저히 뚫을 수 없다.

하지만 일단 뚫게 되면 그 효과는 실로 엄청나다. 아무리 공력을 써도 마르지 않게 된다. 더불어 기무결은 순식간에 천무은형잠종대법의 삼 단계에 올라섰다.

그래서일까?

기무결은 공력을 끌어 올린 것도 아닌데 바닥에서 살짝 떠 있다.

온몸은 깃털처럼 가벼웠고, 마음만 먹으면 무엇이든 할 수 있을 것만 같았다.

그렇게 천무은형잠종대법과 천지기하천하무적공의 만남은 공전절후의 기연을 만들었다.

三

기무결이 눈을 떴을 때는 집무실에 아무도 없었다.

그저 눈을 감았다가 뜬 것 같은데 생각보다 시간이 많이 흐른 것 같았다.

"모두 어디 간 거지?"

사람들이 언제 밖으로 나갔는지 기척도 듣지 못했다. 심지어는 화은설과 영영마저 보이지 않았다.

창문을 통해 햇빛이 들어오고 있다.

그걸 보고 기무결은 흠칫 놀랐다.

그가 집무실에 들어온 건 저녁 무렵이지 않는가?

한데 벌써 날이 새어 해가 중천에 걸려 있었다.

시간이 많이 지난 건 느낌으로 알고 있었는데, 겨우 눈 한 번 감았다가 떴더니 반나절은 족히 지난 것 같았다. 그만큼 기무결이 정신을 몰입해서 운기행공을 했던 것이고, 천지기하천하무적공의 위력이 대단하단 뜻이었다.

하지만 아무리 그래도 그렇지, 화은설과 영영마저 자신을 혼자 남겨두고 그냥 나가 버리다니 괘씸하기 그지없었다.

"아니지. 만약 그 상황에서 나를 살짝이라도 건드렸다면 주화입마를 면치 못했을 것이다."

어쩌면 그걸 알고 조용히 자리를 비켜준 것인지도 몰랐다.

"응?"

기무결이 문득 귀를 쫑긋거렸다.

희미하게 어디선가 싸우는 소리가 들려왔다.

이상한 일이었다. 이곳은 신창양가장의 한가운데 있는 집무실인데 싸우는 소리가 들려올 리 없었다.

휘익!

가볍게 몸을 날렸다고 생각하는 순간 그의 모습이 사라지고 없었다. 집무실엔 애초부터 아무도 없던 것처럼 정적이 찾아들었다.


대청에는 많은 사람이 모여 있었다.

그들은 두 개 진영으로 나뉘어 있었는데, 한쪽은 신창양가장이고 다른 한쪽은 삼대세가의 고수들이었다.

대청의 중앙에서는 두 사람이 치열하게 싸우고 있었다.

창영과 검풍이 난무하는 가운데 두 사람이 한데 뒤엉켜 서로의 얼굴을 알아보기 어려웠다.

사람들은 그들 두 사람에게 시선을 고정한 채 싸움을 지켜보고 있었다.

그들의 분위기는 사뭇 달랐다. 신창양가장의 진영은 하나같이 표정이 어둡거나 침통한 반면 삼대세가의 고수들은 여유로운 표정을 짓고 있었다.

그때 갑자기 검풍이 폭죽이 터지듯 수십 가닥으로 나뉘더니 창영을 덮쳐 가는 것이 아닌가? 천지사방이 온통 검으로 뒤덮였다. 무엇이 검이고 무엇이 허상인지 구분하기 어려웠다.

이는 멀리서 지켜보는 사람의 눈이 어지러울 지경이었다.

하물며 눈앞에서 직접 상대하는 사람은 두말할 나위도 없었다.

"크윽!"

둔탁한 신음과 함께 누군가 주춤거리며 뒤로 물러섰다.

그와 동시에 창영이 사라지고 한 명의 모습이 나타났다.

그는 머리가 하얗게 센 노인으로 신창양가장의 네 명의 장로 중 한 명인 양조라는 자였다.

양조의 가슴팍은 길게 베어져 있고, 살갗이 쩍 벌어져 피가 흘러내리고 있었다.

검풍을 쏟아낸 사람은 서문세가의 서문백강이었다. 그는 과연 무치라는 별호답게 오십여 초 만에 양조를 제압했다.

그는 무표정한 얼굴로 양조를 쳐다보고 있었는데, 그의 검에서 피가 한두 방울 떨어지고 있다.

"양 형, 이번에는 노부의 운이 조금 좋았던 모양이오."

"……."

양조는 여전히 벌어진 상처에서 피가 흘러내리고 있었지만, 지혈할 생각도 하지 못한 채 망연자실한 표정을 짓고 있었다.

지금은 그게 중요한 것이 아니었다.

자신까지 신창양가장에서 아홉 명이 나섰지만 모두 패하고 말았다.

이제 신창양가장은 더 이상 나가서 싸울 사람이 없었다.

신창양가장의 진영에서 싸울 수 있는 사람 중 무공이 가장 강한 사람이 양수란 정도였다. 그에 비해 삼대세가는 아직도 절정고수가 수두룩하게 많이 남아 있다.

'이제… 끝난 것인가?'

모두의 눈에 절망감이 떠올랐다.

신창양가장과 삼대세가는 각자 열 명씩 사람을 내서 비무를 벌이고 있었다.

비무를 먼저 제안한 쪽은 남궁세가였다.

그들의 목적은 신창양가장을 쓸어버리는 것보다 이철심의 비급을 찾는 것이 먼저였다.

때문에 남궁세가는 신창양가장이 비무를 이기면 모든 걸 덮고 물러가겠다고 제안했다. 대신 삼대세가가 이기면 신창양가장은 백 년 동안 봉문하고 그동안 삼대세가가 입은 피해를 보상하라는 것이었다.

얼핏 들으면 금전적으로 보상하라는 것처럼 들리겠지만, 남궁세가는 은밀하게 이철심의 비급을 달라고 할 것이 뻔했다.

신창양가장은 남궁세가의 의도가 눈에 보였지만 더 이상 선택의 여지가 없었다.

오히려 그들의 입장에서는 그나마 비무를 벌이는 것이 조금이라도 승산이 있는 상황이었다.

전체적인 인원은 신창양가장이 많았지만, 절정고수의 숫자는 삼대세가 쪽이 압도적으로 많았다. 때문에 양쪽 진영 사이에 난전이 벌어지면 신창양가장은 얼마 버티지 않고 무너질 것이었다.

비무는 열 번을 먼저 이기는 쪽이 승리하는 조금은 독특한 방식이었다.

한 사람이 한 번 이기고 물러나도 상관없었고, 내리 열 명을 상대해서 열 번을 승리해도 상관없었다.

절정고수가 적은 신창양가장으로서는 그나마 최선의 선택이었다.

하지만 아홉 번의 비무에서 단 한 번도 이기지 못하고 궁지에 몰리리라고는 꿈에도 생각하지 못했다.

이제 마지막 한 번만 더 패하면 모든 것이 끝장이었다.

하나 불행히도 남아 있는 사람은 양수란밖에 없었다.

四

삼대세가는 교활하게도 미리 상대에 맞게 싸울 사람을 내세웠다.

일명 맞춤형 비무인 셈이었다.

양규는 남궁세가의 남궁민과 싸웠는데, 그는 경험이 풍부해서 겨우 동수를 이루었지만 결정적으로 신법이 느렸다. 이백 초가 넘어가면서 체력이 급격하게 떨어져 오른쪽 팔이 잘리는 중상을 입고 말았다. 빨리 지혈을 하고 상처를 치료하긴 했지만 워낙 나이가 많아 기식이 엄엄한 상태였다.

남궁세가의 제일고수라 불리는 남궁민과 이백 초 넘게 싸운 것만으로도 양규의 무공은 좌중을 깜짝 놀라게 만들기에 충분했다.

이에 뒤이어 나선 사람은 양철기였다.

그의 창법은 사납기가 이를 데 없었고 창법만 놓고 보면 천하에서 다섯 손가락에 꼽힐 정도로 절정의 고수였다.

그에 맞서 나선 사람은 신도세가의 호법인 신도빈이었다.

원래 신도세가는 장법으로 유명했는데, 특히 신도빈은 삼십 년 전 한 쌍의 육장으로 무창을 넘어 호북성 일대에 명성을 떨친 전대 고수였다.

양철기와 신도빈은 극과 극이었다.

창은 다른 무기에 비해 무게가 많이 나가서 적은 힘으로도 상당한 위력을 낼 수 있다는 장점이 있었다. 때문에 검법이나 도법의 고수들과 만나면 싸우기도 전에 승기 하나를 안고 싸우는 셈이었다.

하나 칼이나 검에 비해 민첩성이 떨어지고 근접 싸움에는 약간 불리하다는 단점이 있었다. 특히 장법의 고수나 박투술에 능한 권법의 고수를 만나면 의외로 고전할 가능성이 높았다.

한데 하필이면 삼대세가에서 양철기의 상대로 신도빈을 내세운 것이다.

양철기는 이일대로의 수법을 구사했다. 최대한 공격을 자제하고 거리를 내주지 않으려고 했다. 상대적으로 신도빈의 나이가 훨씬 많아서 먼저 지치기를 기다린 것이다.

하지만 신도빈은 집요하게 양철기의 품속으로 파고들려고 했고, 이백 초가 넘어서야 간신히 창영을 뚫고 그 안으로 파고들 수 있었다.

그리고 삼백 초가 넘기 바로 직전 옆구리와 가슴에 각각 일장씩을 날려 승리할 수 있었다.

하나 그 역시도 양철기의 창에 이곳저곳 다쳐서 엄밀하게 말하면 절반의 승리인 셈이다. 그래서인지 유독 신도빈의 안색이 좋지 않았다.

양철기는 생각보다 내상이 심했지만 그의 마음은 더 절망하지 않을 수 없었다.

처음부터 삼대세가의 기세가 무섭다는 것은 예상하고 있었지만, 그렇다고 신창양가장이 단 한 번도 비무를 이기지 못할 줄은 생각하지 못했기 때문이었다.

'남궁세가의 힘이 이 정도였단 말인가?

어디 그뿐인가?

서문세가와 신도세가 역시 예상한 것보다 몇 배는 무서웠다.

이럴 줄 알았다면 처음부터 양피지를 넘겨주었겠지만, 그렇기에는 자신이 생각해도 양피지가 너무나 장난 같아서 선뜻 결정을 내리지 못한 것이 패인이었다.

그때, 양수란이 입술을 깨물었다.

그녀의 어깨에 세가의 운명이 걸려 있었다.

더구나 그녀는 삼대세가의 절정고수들을 상대로 내리 열 번을 이겨야 한다.

양수란이 앞으로 나서자 삼대세가의 진영에서 누군가 홀연히 몸을 날려 대청의 중앙으로 날아내렸다.

바로 불패신성 중 첫째인 서문위걸이었다.

"비무의 마지막을 장식할 수 있게 되어 영광이오. 부디 후회 없는 승부가 되었으면 좋겠소."

겉으로는 성심성의껏 양수란을 대하는 것 같았지만, 말속에는 비꼬는 투가 역력했다.

그는 양수란보다 열 살 정도가 많았고, 강호에서의 경험도 비교할 수 없을 정도였다.

양수란은 어느 정도 각오한 일이기에 말없이 창을 뽑아 들었다.

바로 그때, 화은설이 조용히 다가와 그녀의 어깨를 잡았다.

"저자는 내가 상대할 수 있게 해줘."

"어, 언니?"

"잊었어? 나는 신창양가장을 도와주러 왔잖니. 그리고 무엇보다 저자들이 먼저 화씨세가를 향해 선전포고를 한 이상 그냥 넘어갈 수도 없는 일이야."

형세가 어려운 건 화은설도 알고 있었다.

하지만 여기서 아무 일도 하지 않고 그냥 지나가면 천하는 또다시 화씨세가를 모욕할 것이 뻔했다.

'그렇게 되게 하진 않겠어.'

화은설이 거친 산악처럼 자세를 잡고 검을 뽑아 들자 서문위걸이 재미있다는 표정으로 화은설을 쳐다보았다.

화은설의 소문은 많이 들었지만, 그건 어디까지나 그녀의 미모에 한해서였다.

아!

그러고 보니 그녀에 대해 또 한 가지 들었던 것이 떠올랐다. 전 무림맹주였던 화진악이 갑자기 죽은 이후로 화씨세가의 박투술은 제대로 명맥이 이어지지 못했고, 화은설 역시 완벽하게 박투술을 깨닫지 못했다는 것이 그것이었다.

그의 입가에 차가운 조소가 그려졌다.

화은설이 주제도 모르고 끼어들겠다면 굳이 말릴 이유가 없었다.

천무서원의 명성이 천하를 뒤덮고 있다고는 하지만, 그래 봐야 화은설은 평생 무림맹에서만 지내온 온실 속의 화초나 다름없었다.

그에 반해 서문위걸은 수많은 고수와 생사를 넘나드는 비무를 펼쳤고, 그러면서 그의 무공은 더욱 강해졌다. 그의 굳건한 의지는 능히 후기지수 중 최고라 자부할 수 있었다.

신창양가장대 삼대세가.

그리고 열 번의 비무는 그렇게 화은설과 서문위걸의 비무로 그 끝으로 달려가고 있었다.

『왕후장상』 4권에 계속…

천산루

조돈형 新무협 판타지 소설

『궁귀검신』,『장강삼협』의 작가 조돈형
그가 그려내는 새로운 이야기!

무림삼비(武林三秘)
천외천(天外天), 산외산(山外山), 루외루(樓外樓).

일외출(一外出), 군림천하(君臨天下)!
이외출(二外出), 난세천하(亂世天下)!
삼외출(三外出), 혈풍천하(血風天下)!

가문의 숙원을 위해, 가문을 지키기 위해
진유검, 무림의 새로운 질서를 세우다!

Book Publishing CHUNGEORAM

현대백수 장편 소설

FUSION FANTASTIC STORY

간웅

**뇌성벽력이 치는 어느 날!**
고려 황제의 강인번을 들고 있던
어린 병사가 낙뢰를 맞고 쓰러졌다.

하지만… 다시 눈을 뜬 이는
현대 대한민국에서 쓸쓸히 죽은
드라마 작가 지망생.

**고려 무신 시대의 격변기 속에서 눈을 뜬 회생[回生].**
**살아남기 위해! 죽지 않기 위해!**
**그의 행보로 인해 고려는 서서히**
**변하기 시작하는데……**

치세능신 난세간웅(治世能臣 亂世奸雄)!

격동의 무신 시대!
회생, 간웅의 길을 걷다!

Book Publishing CHUNGEORAM

 유행이 아닌 자유추구 -
**WWW. chungeoram.com**